セシル文庫

愛しい家族の作り方

chi-co

イラストレーション／吉崎ヤスミ

愛しい家族の作り方◆目次

この作品はフィクションです。
実在の人物・団体・事件などに
一切関係ありません。

愛しい家族の作り方

序　章

　キッチンから漂ういつもの青臭い匂いに、芳《かおる》は顔を顰めて溜め息をついた。

（またあれかぁ）

「あ、起きたの？　ほら、できてるわよ」

「……母さん、いい加減これ止めない？　いくら俺がひ弱だったからって言っても、それって小学校に上がるまでだろ？　いまは人並みなんだし、わざわざ秘伝《ひでん》の健康茶を飲まなくっても……」

「駄目よ。今だって風邪ひきやすいじゃないの。あんたのは体質なの。その体質改善に、代々伝わるこのお茶が有効なのよ。コップ一杯くらい根性で飲みなさい」

　有無《うむ》を言わせぬ母の言葉に、芳は再び溜め息をつきながら差し出されたコップを見下ろし、勢いをつけて一気に飲み干した。

「……不味《まず》い……」

「……身体の調子はどう？」

「だから、悪くないってば。行ってきます」

「朝ご飯食べないの？」

「いらない！」

逃げるように自室へ戻った芳は、そのまま鞄《かばん》を掴んで家を出た。

「どうしてアレだけ、あんなに不味く作れるんだよ」

母は料理上手だと思う。子供のころ遊びに来ていた友人たちの誰もが、また母の作った料理や菓子を食べたいと言って、芳は自慢に思ったものだった。

今もどの料理も美味しいが、あの朝の健康茶だけは飲むようになって一年近く経った今でも慣れないままだった。

守野《もりの》芳は、今年の春に大学に入学した十八歳の男だ。自分ではフツメンだと思っているが、家族や友人たちからは小学校からまったく顔が変わっていないと言われる。……つまり、童顔らしい。なぜか、両親ともに黒髪黒い瞳なのに、生まれつき薄茶の髪で茶目、頬に丸みが残っていて、目も大きいのは気になるが、それでも見慣れた自分の顔を嫌いだとは思わなかった。

性格は、多少あがり症気味で、押しに弱い。

甘いものよりは辛《から》いものが好きで、ジュースよりも日本茶派。

何回か呼ばれた合コンでそう自己紹介すると、いつもからかわれ要員で、結局彼女いない歴年齢という情《なさ》けないものだ。

兄弟はおらず、親戚も少し離れた地域にかたまっている。だが、家族仲は良くて、両親はいまだに行ってきますのチューをしていた。

そんな両親を見ているせいか、芳も恋人に対しての夢は大きい。

自分だけを好きでいてくれるのはもちろん、互いの意思も尊重し合う人がいい。できれば、ファーストキス、初めてのセックスをした相手と結ばれたいが、今の世の中そう上手くはいかないこともわかっている。それでも、たった一人でも誰かに好かれ、自分も好きになりたいなと思っていることは誰にも秘密だ。

いや、もう一つ、家族以外には絶対に知られてはいけない秘密がある。それは、芳が獣人《じゅうじん》だということだ。

地球上でも極々《ごくごく》少数な、人間と獣の間に生まれた獣人。その多くは普通の人間と変わらないが、稀《まれ》に先祖がえりをして獣《けもの》に変化する者もいるらしい。

身体能力も秀《ひい》でていて、まさに選ばれし一族だと、年に一度、父方の本家というところに連れて行かれた時に年長者たちが自慢げに話していた。だが、芳は獣に変化した者を今まで一度も見たことはなかった。

芳は獅子族《ししぞく》の末裔《まつえい》らしいが、まったくその欠片《かけら》も血の影響はない。両親にそのことを告げられた時は驚いたが年頃になっても身体に変調もなく、日々平々凡々《へいへいぼんぼん》と暮らしているうちに、そのことは単なる知識としてだけ頭の中に残った。

むしろ運動神経はゼロだと自覚しているほどで、少しは足が速かったらいいのにと呑気《のんき》に思うくらいだ。

「……うぇ」

芳はまだ喉に残っている苦《にが》みに顔を顰《しか》めた。

（コンビニに寄って水でも買おうかな）

幼いころ少し身体が弱かったのは確かだが、小学校も半《なか》ばを過ぎたころには周りの友達と変わらない生活はできた。少し痩《や》せ気味で身長も平均を切ってしまうが、それでも目に見えて不健康だとは思わない。

母があの健康茶を出し始めたのは去年の十八歳の誕生日からだ。芳自身は今さらだと思ったが、健康を気遣う母の気持ちは嬉しかったのでそれ以降、本当に毎日欠《か》かさず飲んできて、一カ月後の十九歳の誕生日でちょうど一年だ。

「いつ飽《あ》きてくれるんだろ」

普段は飽きっぽいのに、この茶に関しては絶対に忘れたりしない。芳が試験勉強で友人の家に泊まりに行った時なんか、ボトルに入れて持たせてくれ、朝電話をしてきたくらいだった。

いったい、あの茶を母に勧めたのは誰だろう。

その人物を心の中で恨《うら》めしく思いながら、芳はちょうどやってきたバスに慌てて飛び乗った。

第一章

寝坊した芳《かおる》は、必修講義に遅刻しそうになって焦《あせ》っていた。

いや、それだけではない。急いでいると言っているのに、母は芳を呼びとめてあの健康茶を差し出してきたのだ。

さすがに飲む時間はないからと玄関まで走ると、今度は父に腕を掴まれて飲むまで出さないと言われてしまった。

普段は面白くて優しい父の厳しい表情に驚き、同時に、こんなことでどうしてそこまで怒ることができるのかと理不尽《りふじん》な怒りに反抗して、今日はあの健康茶を飲まないまま家を出ることになった。

いや、それだけではなかった。飲む飲まないの言い合いの途中、母が変なことを言ったのだ。

「最近、変なことはないの？　誰か……男の子から迫《せま》られるとか」

その言葉を聞いた途端、カッと頭に血が上ったのだ。

半年ほど前からだろうか。なぜかわからないが、芳は妙に男に絡まれるようになった。それは苛《いじ》めとかカツアゲとかいう類《たぐい》ではなく、口にするのも恥ずかしいが、まるで女の子のように見られている感じなのだ。

後をつけられたこともあったし、バスの中では痴漢《ちかん》にもあった。大学内では見知らぬ相手から頻繁《ひんぱん》に声を掛けられるようになったし、数少ない友人たちの身体へのスキンシップも激しくなった。

男を恋愛の対象になど考えられない芳は、それを自分の勘違いだと何とか折り合いをつけてきたし、考えないようにしてきたのだが、健康茶の押しつけだけでも苛《いら》ついていたので、母の言葉に無言のまま激しくドアを閉めて出てしまった。

（意味わかんないよっ）

言いたいことは山ほどあったが、あんなふうに二人を振り切ってきたことに後味の悪さも覚えて、芳は周りが見えなくなっていた。

「あっ」

そのせいだろうか、バスから降りて大学へと向かって走っていた芳は誰かにぶつかってしまった。

身長差があったのか、当たった時に目の前にあったのは相手の肩口で、よけようとした芳はバランスを崩す。だが、咄嗟に腰を抱いてくれた相手のおかげで、道路に衝突することはなかった。

しかし、次の瞬間何かが落ちる音がして、芳は反射的に視線を向けた。そこには、ちょうど道に落ちた携帯電話があった。

「すみませんっ」

割れた液晶が目に入った芳はすぐに頭を下げた。今のは完全に前方を見ていなかった自分が悪かったし、相手は明らかに芳の身体を支えてくれたせいで携帯電話を落としてしまったのだとわかるからだ。

慌ててそれを拾ったが、どうやら最新の機種のようだ。

「あ、あのっ、弁償《べんしょう》しますからっ」

いったい、どのくらい金がかかるだろうか。そんなことを考えて青ざめていると、いきなり横から手にした携帯電話が取り上げられた。

「気にするな。落としたのは私だ」

「でもっ」

それでは到底納得しないと顔を上げた芳は、そこで改めて相手の顔を見て思わずぽかんと口を開けてしまった。

「カ……」

（……ッコいい……）

ぶつかったのが男であるというのはもちろんわかっていたが、まさか俳優かモデルではないかと思うほどに整った容姿を前にして、芳はただ不躾《ぶしつけ》にその顔を見つめる。

芳との身長差から考えても、ゆうに一八〇は超えている長身は手足も長くて、高そうなスーツを嫌みなく着こなしていた。

目つきは少し怖いが、切れ長の目も、酷薄そうな薄い唇も絶妙の配置なのかまさに完璧で、こんなにもカッコいい男を初めて間近で見た芳は、じわじわと自身の頬が熱くなっていくのがわかった。

（な、なんだよ、こんなのっ）

相手は自分と同じ男で、こんなふうに照れることもないはずだ。むしろ、最近は過剰なほどの構われ方をしていたので、同性に対して一種の恐怖心さえ生まれていた。だが、童顔と言われる自分の、まさに理想とする容姿を持った相手を前に、そんな恐怖心も一気に消え去ってしまった。

「どうした？」

いったい、どれくらいの間凝視していたのだろう。

呆れたような相手の言葉に、芳はようやく我に返った。

「あのっ、携帯……」

見惚れている場合ではないのだ。この時間、スーツを着ているということは男はサラリーマンだろう。それならば、携帯電話は仕事の必需品で、このままでは絶対困るに決まっている。

「あの、俺に弁償させてくださいっ。お願いしますっ」

「本当に構わない。私もぼんやりしていたし」

「でもっ」

「……」

「……」

相手の好意に甘えるには、その代償《だいしょう》があまりに高価なものなので簡単に引き下がれない。

そんな芳の気持ちがわかったのか、男はしばらくこちらを見つめていたかと思うと、僅《わず》かに目を細めた。

そんな表情をすると、冷たく整った顔に温かさが出る。ますます顔が熱くなってしまう芳の耳に、男の声が届いた。

「じゃあ、新しい携帯買うの、付き合ってもらえるか？」

「え？」

「ああいうところ、一人じゃ行きにくい」

そう言うが、目の前の男が携帯ショップに気後れするなんて想像がつかない。もしかして……そう言うことで芳を納得させようとしているのかもしれないと思うと、大人な対応にますます恐縮してしまった。

「あのっ、ぜひ！」

「じゃあ……」

男は腕時計を見る。それも、ブランドものだ。

「今からクライアントとの約束があるんだ。昼……十二時半ごろ、ここに来れるか？」

「はいっ」

コクコクと頷くと、男はふっと口元を綻ばせ、内ポケットから何かを取りだした。

どうやらそれは名刺入れのようで、そこから一枚名刺を取り出した男はさらにペンも出してそこに何やら書き入れた。

やがて、何をするのかとじっと見ていた芳の前にそれが差し出される。

「私の名刺だ。男の子をナンパする怪《あや》しい男じゃないと証明するためにも持っていてくれ」

「な、ナンパとか」

これは、男の冗談だろうか。笑うべきところなのかもしれないが、この男が言うと何とも意味深で気恥ずかしくなってしまう。

動揺する気持ちを誤魔化すように芳は名刺に視線を落とした。

「……神代《かみしろ》……」

「斎《いつき》だ」

「いつき、さん」

「後から書き加えたのはプライベートの番号だ」

そう言いながら男――神代は今度こそはっきり笑った。

「さっき割れたのは仕事用」

「二つも持ってるんですか？　携帯」

そこは突っ込むところではないかもしれないが、芳の周りには携帯電話を二台持っている者はいないので素直に感心する。

「私はプライベートはしっかり分ける方だからな。君の名前は？」

「あ！」

そこで、芳は自分がまだ名乗っていなかったことに気づいた。

わざわざ名刺を出して身分を証明してくれた神代に対し、自分もちゃんとしなければと焦《あせ》りながら鞄をあさる。

「……あ、あったっ、……俺、守野芳です」

運転免許はまだ持っていないので、今証明できるものは学生証だけだ。それを神代が見えるように差し出すと、しばらくして神代が呟《つぶや》くように言った。

「花か」

「花？」

「芳って、花って意味もあるだろう」

「そうなんですか？」

自分の名前の意味など改めて考えたこともなかった芳は驚くが、神代は何やら納得したようだった。

「じゃあ、後で」

「あ、はい」

「楽しみにしている」

それは何気《なにげ》ない言葉だったかもしれない。だが、今の芳の心境にもピッタリな言葉だった。

約束の時間。

朝神代とぶつかった場所に十分前に着いた芳は、既にそこにいた神代の姿に慌てて駆け寄った。

「すみませんっ、遅れちゃって！」

「いや、話が早く終わったから来ただけだし、気にするな」

それでも、こちらが半ば強引に弁償すると言い張って神代が妥協《だきょう》してくれた上での約束だったので、いくら時間内だとしても待たせたことに申し訳なく思ってしまう。

「行こうか」

「は、はい」

落ち込んだ芳だったが、神代が背中を押すようにして歩きはじめると再び緊張し始めた。考えれば、両親や親族以外の大人の男とこうして歩くのは初めてかもしれない。

不思議と神代の行動はスマートで、触れる手が不快ではない。自分が感じていた嫌悪感は相手によるのかと思うと何だか落ち込みそうになるが、それでもそれを振りほどこうとは思わなかった。

（……うわ、みんな見てる……）

男の芳が見惚れる神代の容貌《ようぼう》は女に対してはさらに有効らしく、行き交う人みな振り返って見るのがわかった。

普通なら同じ男として嫉妬を感じるところかもしれないが、あまりにも格が違い過ぎるとそんな気も起こらない。むしろ、自分のような子供が隣を歩いても良いのかと心配になるだけだった。

近くの携帯ショップに行くとやはり携帯電話は壊れており、過失《かしつ》ということで有料になると言われた。その金額を芳は聞こうとしたが、神代は幸《さいわ》い在庫があった同じ機種をさっさと選び、手続きを済ませてしまう。

機種変更ではないので思ったよりも早く終わると、神代から昼食を一緒にと誘われた。

どうやら携帯電話代は出させてくれないようなので、せめてここはと思ったが。

「……」

（こ、ここ……）

近くに停めてあったらしい社用車に乗せてもらって行った先は、こぢんまりとしたイタリア料理の店だった。だが、内装もスタッフも、今まで芳が行ったことがあるようなリーズナブルな店とは違って、何だかとても高そうだ。

　所持金は足りるだろうかと心配になってメニューを見ようとしたが、その前に神代から好きなものを聞かれ、メニューを見ないまま注文をされた。結局、金額がわからないまま、テーブルの上には幾《いく》つかのピザとパスタが並べられる。

「大学生ならこのくらい食べられるか？」

「……む、無理です」

　好き嫌いはあまりないが、量はきっと同年代の半分くらいしか食べられない。せっかく注文してくれても残してしまいそうで申し訳なかった。

「量が食べられないなら、少しずつ摘《つ》まんだらいい。ここのはどれも美味《うま》い」

「……本当に、美味《おい》しそうです」

　厨房の真ん中には竈《かまど》があって、ピザはすべてそこで焼かれているのが見えた。視覚的にも食欲はそそられたし、実際目の前にあるとさらに腹が鳴ってしまった。

「どうぞ」

　そんな芳を見て、向かいに座った神代がまた目を細めて笑う。子供っぽい反応をしただろうかと恥ずかしくなりながら、芳は温かいうちにとそれらに手を伸ばした。

「……美味しい！」

一口食べたピザは独特のチーズの味わいで、シンプルなのにとても深い味わいがする。あまり食べられないと言ったくせに直《す》ぐに二枚目に手を伸ばし、芳はハフハフと熱さも楽しみながら手を進めた。

だが、食べながらも神代が気になって、チラチラと視線を向けてしまう。

（……大人だよなぁ）

まだ仕事中だからと、神代はノンアルコールのワインを口にしていた。その様が滴《したた》るような大人の男の色気満載で、長い指の動きに自然と目を奪われる。

一見、取っつきにくそうな感じがするのに案外聞き上手なのか、食事をしながら芳は自身のことについて自然と話していた。

「一人っ子か」

「はい」

「可愛がられたんだろう？」

「すごく。二人も仲が良いし、自慢の親で……」

そこまで話した時、芳は今朝の二人との諍《いさか》いを思い出してしまった。

単なる親子喧嘩《げんか》だと思いたいが、あの時の両親の顔を思い出すと胸が痛い。コップ一杯の苦い茶くらい一気に飲んでしまえば良かったかもと今さらながら後悔した。

「どうした？」

手が止まってしまった芳に、神代が促すように声を掛けてくる。甘く響く声は耳に心地好くて、芳はつい甘えるように言ってしまった。

「親と……喧嘩しちゃって」

「……」

「俺も、悪かったんです。でも、どう謝っていいのかわかんないし……」

この後午後の講義に出てから帰宅するのが今から気が重い。ちゃんと母と話せるのかも心配だ。

「顔を見て、直ぐに謝ったらいい」

「で、でも」

「君の親なら直ぐに許してくれる」

「……どうしてそんなことがわかるんですか？」

「君が良い子だから」

さらりと言われた言葉を理解した途端、芳は恥ずかしさと照れで瞬時に顔が熱くなる。良い子だとか、小学生までならまだ素直に受け入れられるが、この年で言われてもなんと反応していいのかわからない。

神代はパニックになっている芳を見て、さらに楽しげに続けた。

「ちょっとぶつかっただけで男子大学生を食事に誘うようなオッサンの買い物に付き合ってくれて、こうして食事まで一緒にしてくれて。そんなふうに優しい君を育てた親御《おやご》さんだ、きちんと謝れば許してくれないはずがない」

「神代さん……」

会ったこともない両親を褒められ、芳は恥ずかしさと同時に嬉しくなった。神代のような人にも、自分の両親は褒められる存在なのだ。

（……凄《すご》いな、神代さんて）

名刺に書かれていた会社は外資系の証券会社で、神代はそこでデイトレーダーをしているらしい。株を見るというより、勝負するのが好きだと言った。

億単位の取引もすると言われてもピンとこないが、身につけているものやふるまいから見ても、神代が相当有能だということはわかる。稼《かせ》いでいなければ、こんな高級なものを買うこともできないはずだ。

「父さんにも、神代さんのとこで株買ってみたらって言おうかな」

思わずそう呟くと、神代はどうだろうなと返してきた。

「損はさせないが、興味がないならしない方がいいだろうな」

「どうしてですか？」

「ハマったら、抜けられなくなる」

「そんなものなんですか？」

芳にはよくわからないが、どうやら神代自身はあまり勧めたくないようだ。

どちらにせよただ言ってみただけで、あの父が株をやるなんて考えられない。

それからはまた芳の話になって、大学生活のことや家でのことまで、まるで自分のことを知ってもらうかのように事細かく話してしまったので、

「まるで見合いみたいだな」

と、また神代に笑われてしまった。

だが、さすがに男に絡まれているということは話せなかった。

一時間ほどの食事を終え、やはり代金は払わせてもらえずに二人で店の外へと出る。

「あの、ご馳走《ちそう》さまでした。なんだか、俺ばかり得したみたいで……すみません」

神代にぶつかって、携帯電話を買い替えさせたばかりか、結局食事まで驕《おご》らせてしまった。強引に呼びとめたのは自分の方だっただけに、芳はとても居《い》たたまれない気持ちになる。

「いや、俺も楽しかった」

それなのに神代はそう言ってくれるのだ。

「……えっと……」

もうとうに昼を過ぎ、神代はこれから仕事だろう。自分も午後の講義のために大学に戻らないといけない。

ここで礼を言って、別々の方角へ歩きはじめたらそれきりだ。社会人と大学生、それも会ったばかりの自分たちに何の共通点もない。

(当たり前なんだけど……)

芳はちらっと神代を見上げる。彼も、こちらを見下ろしていた。

――これっきりは、寂しい。

唐突にそう思ってしまった芳は、思わず普段の自分ならとても言いそうにないことを口にした。

「あのっ、また、時間があった時に会ってもらえることってできますか？　その、仕事の話とかいろいろ聞いてみたいし、大人の知り合いっていないし……っ」

(お、俺、何言ってるんだ？)

芳にとっては会うだけでも意味があるように思うが、神代には単なる一学生にわざわざ時間を割《さ》いてまで会うメリットなどどこにもない。頭ではわかっていて、口にした途端後悔《こうかい》したが、それでももうなかったことにはできなかった。

「あの、あの」

自分の我が儘をどう理由付けしようとしても意味がない。次第に声が小さくなり、視線も下に落ちていく。

「……すみません」

とうとう自己嫌悪《けんお》に押し潰されて謝ってしまった時、視界に入った神代の手が俯《うつむ》いた芳の頬をするりと撫でた。

「！」

あまりに驚いた時、人間は即座に反応できないらしい。芳も全身が強張《こわば》り、顔を上げることさえできなくなった。

「悪かった」

頭上からそんな声が下りてきたのは直ぐ後だ。

「君から言わせたくて、私がそう仕向けたんだ」

「え……」

戸惑いながら顔を上げると、意外なほど近くに神代の顔がある。その表情が少し陰《かげ》っているのに気づき、芳は即座に反論した。

「ち、違います、俺の方がまた神代さんに会いたくてっ」

「私も、そう思っていた」

「……ほ、本当に？」

念を押すように訊くと、神代はしっかり頷いてくれた。

「君といて、本当に楽しかった。これっきり別れてしまうのが寂しいと思うくらいに」

「神代さん」

「君の時間が空《あ》いた時、よければ遊んでくれるか？　こんなオッサンとじゃつまらないかもしれないが」

「神代さんはオッサンじゃないです！」

即座に否定した。

どこからどう見たって、神代はカッコいい大人の男だ。

多分、この気持ちは一目惚れに近いのかもしれない。初めて出会った理想の男を前にして、勝手に憧《あこが》れて、勝手に浮《うわ》ついてしまっている。

そして、神代も自分と会うことを望んでくれているのだとわかって嬉しくてたまらなかった。

「じゃあ、あのっ」

芳は鞄の中から携帯電話を取り出す。

「俺の番号、送っても良いですか？」

「アドレスも」

「はいっ」

神代の名刺を見ながら番号を押そうとすると、横からプライベート用の方にと付け加えられた。直ぐに頷いて操作すると、間もなく耳慣れない着信音が聞こえた。これはさっき買った携帯ではなく、もう一つの方の電話の音だ。

個人的な知り合いだと認められたようで、何だか浮かれてしまった。

「俺の方はいつでも神代さんに合わせるので、本当に暇《ひま》な時に連絡ください」

「ああ」

それから何度も頭を下げて、芳は神代と別れた。学校まで送っていくと言ってくれたが、これ以上神代の仕事を邪魔したくなかったので、寄るところがあると言って辞退した。

何だか、ずっと夢の中にいたみたいだ。

初対面の相手とあんなに話せたことも、いきなり食事をしたのも、本当に自分ではないみたいに感じてしまう。だが、手の中の携帯電話にはしっかりと神代の番号は残っていて、見るたびに顔がしまらなく緩んだ。

「あっ」

その時、携帯電話が鳴った。どうやらメールだったらしく、開くとそこには神代の名前が出ている。

「え……」

たった今別れたばかりなのにと思いながらメールを見ると、食事に付き合ったことへの礼と、必ず近いうちに連絡すると書かれてあった。

「え、えっと」

芳も、直ぐに返答を打った。

食事を奢ってもらったことへの礼と、携帯電話を壊してしまったことへの謝罪。そして、自分も次に会うのを楽しみにしているといったことを書いて送った。

しばらくして、また神代からメールが来る。

「神代さん、仕事しないと」

口ではそう言うものの、芳は神代からの返答を心待ちにしている自分がいることに気がついていた。

＊　＊　＊

「神代さーん！」

横断歩道の向こうから、大きく手を振りながら子犬が走ってくる。

（……いや、子犬より、子猫か）

本人に言えば顔を真っ赤にして否定されそうなので、神代は心の中で呟きながら思わず噴き出した。

「どうしたんですか？」

笑っている神代が珍しいのか、彼は可愛らしく小首を傾げながら顔を覗きこんでくる。

身長差があるので随分顔を上に向けなければならないため、見ているととてもきつそうだ。しかし、この角度で見つめてくるのが可愛くて、神代は手を伸ばして柔らかなその髪を撫でた。

神代が守野芳という大学生の青年と出会って、もう直ぐ一カ月が経つ。

出会いは説明すれば陳腐《ちんぷ》だが、今から思えば本当に運命の出会いだった。

裕福な家に生まれ、容姿も頭脳も人並み以上に恵まれたせいか、神代は幼いころから順風満帆《じゅんぷうまんぱん》に生きてきた。放任主義の両親のせいで勉強もスポーツも適当にやっていたがそれでも十分成果は出たし、一通りの遊びにも手を出した。

高校、大学、就職と、誰からも羨《うらや》まれるコースを進み、今は仕事にもそれなりのやりがいを見出している。だが、どこか淡々と進む毎日に、心の中で溜め息をつく毎日を過ごしていた。

そんな時に出会ったのが芳だ。

朝っぱらからクライアントに呼び出され、相手の会社近くで時間調整をしていた時に、突然向こうからぶつかってきた。

手にしていた仕事用の携帯電話が落ちて割れたのを見て口の中で舌を打ったが、泣きそうな顔で謝ってきた芳を見た瞬間、その怒りは綺麗になくなってしまった。

第一印象は、泣き顔が可愛いなと思った。

次に、律義《りちぎ》に謝罪してくるところが好《この》ましいと思った。

学生らしい芳に弁償しろと言う気はなかったが、このまま別れてしまうのも寂しいと思い、もう一度会う約束を取り付けて、再会した時に思ったのはやはり、可愛いということだった。

中学生から今まで、付き合ってきた女の数はそれなりにある。一度だけの関係なら、それこそ覚えていないくらいだ。

相手から迫られることの方が多く、恋愛感情というものに溺れない性質の神代はいつもどこか冷めた感情を持っていて、深い付き合いになる前に別れることも少なくなかった。電話やメールで連絡を取ったり、会って機嫌を伺うことが面倒なのだ。言いかえれば、そこまでしたいという相手に出会っていなかったのかもしれない。

そんな自分が、自《みずか》ら次の約束をしたことに驚いたし、顔を真っ赤にして自分と話す芳とどうすれば今後も付き合えるか、食事の最中考えていたことも新鮮だった。

それから毎日、らしくもなくメールをし、電話をした。

煩《わずら》わしく思われないよう、それでいて忘れられないように間隔を考え、芳の好きそうな話題を探した。

歳以上に幼《おさな》い性格の芳は、神代の話すことになんでも感動してくれ、食事に連れて行くと美味しいと喜んだ。ずっと奢られてばかりなのは嫌だと思っていた頃を見計らい、ファーストフードの店で支払いを任せると、何だか申し訳なさそうに目を伏せた横顔に胸がざわめいた。

――――そう、普段は幼い芳なのに、時折驚くほど艶《つや》っぽく見える時がある。

初めて名前を聞いた時に《花》のようだと思ったように、芳にはどこか芳《かぐわ》しい、誘うような雰囲気があった。

それを感じるのはどうやら神代だけではないようで、時々会った芳の友人も意味深な目を彼に向け、神代には明らかな敵意を込めて睨んできた。

待ち合わせの時、神代が遅れてしまったせいで芳がナンパされていたところにも数回遭遇した。芳は絡まれただけだと言い張ったが、あれはどう見ても芳を女として見ていた。

そして、そんな男たちに、神代は強烈な嫉妬を感じた。

神代にとって、芳は男にしか見えない。だが、それでも十分、恋愛対象になる相手だ。

今まで男と付き合ったことはないが、性別で恋愛対象から外《はず》すということは考えたことはない。ただ、少しばかり勝手が違うので、どう攻略していいのか考えることも多かった。

それでも、そんな手間を掛けても芳を手に入れたい。いや、手に入れる。

久しぶりに能動的になった自分というものを考えると、まだ欲が消えていなかったのかと感慨深くもある。

神代は軽く芳の背中に手を当てて促した。

「なんでもない。行こうか」

とにかく、芳にとっても自分という存在が特別なものになるよう、神代は慎重に行動していた。

「時間、大丈夫ですか？」

「ああ、十分間に合う」

今日は、芳がずっと見たいと言っていた映画を見る約束をした。人気のアクション映画だが、ちゃんと前売り券は購入済みだ。

並んで歩きながらふと芳を見ると、何だか苦々《にがにが》しい顔をしている。

「また、健康茶か」

「……そうなんです」

幼いころ病弱だったらしい芳のために、母親は毎日健康茶を飲ませているらしい。身体に良いものならと思うが、芳はその苦い味がどうも苦手らしいのだ。

「どんな味なんだ？」

「どんなって……ん〜、言葉ではなかなか表現できないです」

そこまで言うものなら一度飲んでみたい。

「今度、芳の家に行ってもいいか？　私もその健康茶に興味がある。親御さんにも一度挨拶をしたいし」

名前を呼ぶのは、三回目に会った時からだ。だが、まだ互いの家には行っていないし、芳の両親にも会っていない。

いくら大学生の青年とはいえ、まだ未成年の芳と――今はまだ――友達付き合いをしていることをちゃんと報告していた方が心象《しんしょう》は良いはずだ。

「そうですね。母さんたちも、俺が最近神代さんの名前をよく出すから気になってるみたいだし」

「……大事な息子を誑《たぶら》かしているのはどんな男かって？」

「違いますよ。色々お世話になってるって言ったら、ちゃんと挨拶をしなきゃなって」

芳は神代の言い様に笑っているが、神代からすれば大事なことだ。

「付き合いを反対されているってことはないのか？」

「ないですよ。俺の方が無理に付き合ってもらってるのに」

「……」

（まったく気が付いていない、か）

割と早くから自分の気持ちに気づいた神代は、それとなく口説《くど》くような言動をとっている。だが、どうやら芳はそのことにまったく気がついていないらしい。

好意は向けてくれている。ただ、それは尊敬とか憧れという意味あいが強いということもわかっている。それを恋愛感情へとどう変えていくか、それが案外難しい。

「じゃあ、次の日曜日はどうだ？」

「あ、日曜日は駄目なんです。俺の誕生日で……」

「誕生日？」

何気なく言った芳の言葉を聞き咎《とが》め、神代は思わずその腕を掴んでいた。

「誕生日って、芳の？」

「はい」

「はいって……どうして話してくれなかった？」

二人が出会って初めて迎える芳の誕生日だ。付き合ってはいないが、雰囲気のある店で食事をして、その後で告白したらどこかロマンチストな芳はきっと落ちただろう。そんな千載一遇《せんざいいちぐう》のチャンスをみすみす見逃すなんてもったいないことはできない。

予定があるとしても、少しでも自分との時間を取ってもらえないか、神代は内心焦《あせ》る気持ちを隠して芳に言った。

「家族で祝うのか？　それならその後でも……」

「いえ、そうじゃなくて、本家に行かなくちゃいけなくて」

「本家？」

「父親の田舎の本家で、年に一回くらいしか会わないんですけど、十九の誕生日には絶対に来るように言われてるんです」

「どうして？」

「さあ……」

それは誤魔化しているというより、本当に意味がわからないといった当惑した表情だ。

（十九の誕生日に田舎に？）

地方では、それぞれ独特の成人の儀式もあるというし、芳の田舎がそうだという可能性もある。

「……それならしかたがないな」

「すみません」

神代の方が突然思いついて言い出したのに、芳は本当に申し訳ないというように眉を下げて謝ってくる。そんな謝罪など要らなかった。

「謝ることはない。少し遅れてしまうが、私にも誕生日の祝いをさせてくれるだろう？」

「ありがとうございますっ、嬉しいです」

「食べたいもの、なんでもリクエストしてくれ」

そう言うと、芳はさらに笑み崩れる。

少食だが、好き嫌いなく何でも食べる芳は、どこに連れて言っても喜んでくれるはずだ。

「行こうか」

映画は楽しく、暗闇を利用して手も握った。緊張したように身体を強張らせたのがわかったが、それでも芳は逃げずにおとなしくしていた。

照明がついた時、じっと見たその横顔が赤く染まっている様が初々《ういうい》しくて思わず笑ったが、次の瞬間さっとその笑みが消えた。自分と反対側の芳の膝の上に、隣の男が手を置いて触っているのが目に入ったからだ。

芳の顔が赤いのは自分のせいではなく、この男のせいで嫌悪を耐えていたのかと思ったと同時に手が伸び、男の手首を痛いほど握りしめた。

「……っつ」

ハッと自分を見上げる芳に頷いてやり、神代は握る手にさらに力を込める。すると、男は苦痛の呻《うめ》き声を上げながら前のめりになった。

「こんな場所で、男の子の膝に手をやって何をしているんだ」

「お、俺は、別にっ」

「警備員を呼んでもいいんだが」

芳の名誉のために始めからそれは脅《おど》しのつもりで言ったが、男は神代の態度から本気だと思ったらしい。何度も小さな声で謝罪を繰り返す。

「も、もういいですから」

大きな声での言い合いはしていなかったが、気配で揉めているとわかったのか周りの視線が集まるのを感じ、芳はそう言って神代の腕を抱くように掴んできた。

男が男に痴漢された。芳としては不快感よりも周りにそれを知られることの方が嫌らしい。

神代は気が済まなかったが、これ以上芳を追い詰めるのは可哀想だ。

しかたなく手を離すと、男は直ぐに走って逃げる。あんなふうに情けない醜態《しゅうたい》を晒《さら》すなら、始めから痴漢などという恥ずかしい行為をしなければいいのだ。

「大丈夫か？」

だが、今は男に悪態《あくたい》をつく前に、芳のケアをする方が優先だ。

その顔を見ると、先ほどまでとは一転、青ざめて不安げな表情をしている。庇護《ひご》欲《よく》をそそる風情《ふぜい》に、神代はその身体を抱きしめたいのをようやく耐えた。

「行こうか」

「は、はい」

嫌な雰囲気は直ぐに取り去ってやりたい。

神代は芳と共に足早に映画館を出た。どこかで休むよりも早く二人の空間になった方が良いかと判断し、少し離れた場所に停めた車へと急ぐ。

「悪かったな」

映画館を選び損ねた。謝る神代に、芳は直ぐに首を横に振った。

「神代さんのせいじゃないです」

「だが……」

「俺が、変だから……」

途中、用心深く肩に手を触れた瞬間に身体が緊張したのがわかったが、少し強引に抱き寄せると今度は縋るように身をすり寄せてくる。

(あの男……っ)

せっかくのデートが台無しだ。

週末も会えないというのに、こんな雰囲気のまま別れてしまうことが神代には気がかりだった。

第二章

父の運転する車の後部座席に乗っている芳《かおる》は、もう何度目かもわからない溜め息をついた。

（どうして、俺って……こうなんだろ）

数日前、せっかく神代が誘ってくれた映画館で、またもや変な男に絡まれてしまった。

映画の終わり間際《まぎわ》、膝に感じる感触に、始めは財布をすろうとしているのかと思った。しかし、その手が一向にポケットに伸びず、さわさわと膝を触るだけに終始しているのがわかった時、いつもの変な男の一人だとわかった。

まさかこんな場所でと驚き、怖くて、何もできずに固まっていると照明がつき、直ぐに神代が男の行為に気づいてくれた。その男をあっさりと撃退して気づかってくれる神代に、嬉しいと思うと同時に自分が情けなくてたまらなかった。

本当は、芳だってあんなふうに堂々と男を退けたかった。いや、そもそもこんなふうに触られるなんて、男として情けなくてたまらない。

神代の顔を真っ直ぐに見ることができなくて、あの日は気まずいまま別れてしまった。

その後も彼は気づかうメールをくれたが、芳の気持ちを考えてくれたのか電話はしてこなかったことが、返って申し訳なく思った。

自分ではまったく意識していないが、もしかしたら男に変な気を起こさせてしまう雰囲気を醸し出しているのだろうか。だとしたら、神代はそんな芳のことをどう思っているのだろう。

考えれば考えるほど落ち込み、思考はどんどんマイナスの方向へと向かってしまった。おまけに、まるで感情に呼応したかのように体調も崩れてきた。痛みなどはないが、ずっと微熱が続いている。

そして、瞬く間に時間が過ぎて週末になった。できれば遠出はしたくなかったが、前々から楽しみにしていた両親のことを考えると嫌だと言いだすこともできず、こうして車に乗っている。

「芳」

助手席の母が振り向いた。

「気分が悪いの？」

「……だるい」

健康茶のことで喧嘩みたいになったが、いつの間にかなし崩しに仲直りはできた。だから、身体を気づかってくれる母にも素直になれる。

それでも、落ち込んだ気持ちはなかなか浮上できずに言いようがなくてそう呟けば、母は父の横顔を見る。

「あなた」

なぜか、母の声は喜色に染まっている。

「どうやら、上手《うま》くいっているようだな」

「?」

その上、嬉しげな父の言葉の意味がわからなくて、芳は首を傾《かし》げながら聞き返した。

「上手くって、何が?」

「……獅子族《ししぞく》は安泰《あんたい》だってことだよ」

獅子族。

いきなり出てきたそれに芳は戸惑った。どうして今の自分の体調と獅子族というものが関係あるのだろうか。

「俺、体調悪いんだけど……」

「着くまで横になっていなさい」

話を打ち切られ、さらに尋ねる雰囲気でもなくなってしまい、しかたなく芳は座席に身を横たえる。そうすると、車の振動がゆらゆらと身体を静かに揺らして、だんだん眠くなってしまった。

「芳?」

「……む、い……」

「起きたら、本家に着いているわ」

(本家……)

それっきり、芳は睡魔《すいま》に意識を預けた。


身体が揺れている。

まだ車の中だろうかとぼんやりと考えていると、トクトクという規則正しい鼓動が密着した硬いものから伝わってきた。

(な……に?)

それに合わせて呼吸を繰り返し、ようやく目を開けた芳は、自分の顔を覗きこむ金の瞳と目が合って息をのんだ。

「だ、誰？」

急速に睡魔が去り、覚醒《かくせい》した意識で慌てて周りを見回せば、そこは古めかしい日本家屋の廊下だった。そして、なぜだかわからないが芳は男に抱きあげられている。車からここまでまったく気がつかなかったのかと思うと、あまりにも呑気な自分に呆れると同時に焦った。

「お、下ろしてくださいっ」

「静かにしていろ」

「静かにって、父さんっ、母さん！」

一緒にいたはずの両親はどこに行ったのか。

意識がない間何があったのかまったくわからず、芳は半ばパニックになって男の腕の中で激しく身を捩《よじ》る。すると、男は煩《うるさ》そうに眉間《みけん》に皺《しわ》を寄せて、それでも芳をその場に下ろしてくれた。

「まったく煩《うるさ》い」

「う、煩いって、あんた誰っ？　ここは……っ」

「守野の本家だ。お前も毎年来ているだろう」

「……本家?」

そう言われ、芳は改めて周りを見回す。

確かに、古めかしい日本家屋は毎年訪れる本家に酷似《こくじ》しているが、今いる場所に来たことは誓ってない。廊下から臨《のぞ》む庭の様子も、襖《ふすま》の柄も、初めて見るものばかりだ。

それだけではない。芳は警戒心を強めたまま目の前の男を見る。この男だって、今までの集まりで見たことがない顔だ。

身長は……神代ぐらい高くて、彼と同じように手足も長く腰の位置も高い。

髪は金色に近い薄い茶髪で、瞳は先ほども見たが金色に輝いていた。

容貌は男らしく整っているがどうしても強面な印象が強く、その存在から威圧するような雰囲気を醸し出している。シャツとジーンズというラフな格好だが、まさか金色のコンタクトをするとは考えられない。それでも、普通の人間のそれとは違う輝きに無意識に怯《おび》え、芳は後ずさった。

「間違いなく、ここはお前が毎年来ている本家だ。ただし、奥の間までは入ったことがないだろうな」

「奥の、間?」

言われて、ようやく思いだした。確かに毎年本家に来ていたが、子供たちは絶対に離れの奥の間には行くなときつく言われていた。そこは神聖な場所で、成人《せいじん》した守野の直系の者しか入ってはいけないらしい。

その時は説明を受けて納得したが、男の言うことを聞いて初めて、ここがその奥の間ということを知った。

(成人って、俺まだ十九だけど……)

それとも、ここでは十九が成人ということなのだろうか。

考えても芳にわかるはずがなく、それでもここが本家だとわかって少し安心して、芳は目の前の男に訊いてみた。

「あの、あなたは……」

「獅堂《しどう》一《はじめ》」

「しどう、はじめ？」

(守野じゃないのか？)

直系しか入ることを許されない場所に、守野の人間ではない者がいてもいいのだろうかと思わず疑いの眼差しを向けてしまった。

「……」

獅堂も、じっと芳を見ている。観察するような眼差しは居心地が悪い。

「どうして、俺を、その……」

本家に着いたのなら、両親が起こせば自分の足でここまで来られた。それなのに、軽くはない自分をわざわざ獅堂が抱いて運ぶ理由がわからない。

(……あ、体調が悪いと思って?)

寝る前の会話を思いだして無理矢理納得したつもりになったが、それでもやはり獅堂の存在は謎だ。

そんな芳に、獅堂がようやく口を開いた。

「あ、あの」

「今夜、祝いの席が設《もう》けられている」

「祝いの席?」

「俺とお前の祝いだ」

「俺と、あなたの?」

何を言われているのかわからないので、どうしても獅堂の言葉を繰り返すだけになる。

そんな芳に一瞥《いちべつ》を残し、獅堂は背中を向けて廊下の奥へと歩き出してしまった。

「ま、待ってくださいっ」

こんなところに置いていかれては困る。芳は慌てて後を追った。

「俺はどうすればいいんですかっ？」

「……あちらの廊下を行けば、お前がいつも訪れている母屋《おもや》に行ける」

端的《たんてき》に言い、そのまま獅堂は消えてしまった。

「……なに、あれ……」

取り残された芳は、しばらくその場から動けなかった。獅堂という強烈な存在に当てられたのかもしれないし、見知らぬ場所に不安が消えなかったからかもしれない。

しかし、いつまでもここにいてもしかたがなくて、獅堂に言われた通り廊下を歩き、渡り廊下に出たところでようやく人の気配を感じた。

（本当だったんだ……）

男が嘘を言う理由もないが、それでも芳は安堵《あんど》して深い息をつく。すると、そこに母の姿を見つけた。

「母さん！」

思わず叫んだ芳は母に駆け寄った。

「あら」

「あらじゃないよっ。どうして起こしてくれなかったんだっ。そのせいで俺、知らない人に抱きあげられてっ」

「知らない人じゃないわよ。一《はじめ》さまでしょう？」

「は、一さまって……」

ごく自然にそう言う母に違和感を覚え、芳は次の言葉が出てこない。

「あのままこもるかと思ったんだけど……やはり一さまね。きちんと手順を踏んでくださるつもりなんだわ」

「母さん？」

「起きたんならちょうどいいわ、そのままお風呂をいただきなさい。綺麗な身体にならないと失礼でしょう？」

「ま、待ってよ」

唐突な母の言葉に訳がわからなくて口を挟むが、どこかいそいそと楽しげな母はそんな芳の戸惑いに気づいてくれない。

「ほら、早くなさい」

母に腕を掴まれ、強い力で風呂場へと引っ張られる。何とかその手を振りほどこうとしたが、意外に強い力でそれもままならない。

「疲れているんなら母さんが洗ってあげましょうか？」

そんなことも言われてしまい、芳はもう反論することもできなくなった。

わけのわからないまま風呂に入れられ、出てきた時には着ていた服は籠《かご》からなくなっていた。いや、服ばかりではない。下着までもなくて、そこにはなぜか白い着物が用意されていたのだ。

「……」

（これを着ろってこと？）

着物、それも白のそれなんて、何の意味があるのだろうか。第一、芳は着付けなどできない。

バスタオルを腰に巻いたまま呆然としていると、脱衣所のドアが叩かれる。無意識に浴室の中に逃げようとした芳は、

「芳」

聞こえてきた声に慌てて戻った。

「父さんっ」

本家に着いた途端、言葉が通じなくなったような母とは違い、父ならば今がどういった状況か説明してくれるはずだ。それに、着替えも持ってきてほしい。

鍵を開けると、案《あん》の定《じょう》そこにいたのは父だった。ざっと芳の身体を見て、風呂から上がったことを確認したらしい。

「お前、着物は着れないだろう？　父さんがしてやるからそれを取りなさい」

「ちょっ」

バスタオルに手を伸ばされ、さすがに父だとしても下半身を見られるのは恥ずかしくて抵抗しようとしたが、いまだ縦も横も父に敵《かな》わない芳が逃げ切れるはずがない。呆気《あっけ》なくバスタオルを取られ、むき出しになった下肢《かし》を咄嗟に手で隠した芳の肩に着物を着せた父は、淡々と着つけを始めた。

「と、父さん、これって何なんだよ？」

「ん？」

「これって、この地域の成人の儀式とか？　怖いことするの？」

何も聞かされないのでどんどん怖い想像しかできない。火潜《くぐ》りとか、ゲテモノ食《ぐ》いとか、とにかく今から何があるのかちゃんと教えてほしかった。

しかし、芳がどんなに頼んでも、父は説明をしてくれない。それどころか、着付けが終わると湿った芳の髪を撫で、感懐《かんがい》深げに言うのだ。

「お前は、いつまでも父さんたちの子だからな」

「……父さん」

「さあ、皆が待っている」

子供のように父に手を引かれて歩く廊下が、何だか怖い場所へ向かう道のように思えてなかなか足が進まない。だが、父は何度も止まりそうになる芳に声を掛けながら歩き続け、先ほど芳が獅堂と会った奥の間へと連れてこられた。

「ここだよ、芳」

父の声と共に、向こうから襖が開かれる。そこは意外に広い座敷で、奥の上座《かみざ》には黒い着物を着た獅堂が、その左右には今までここで会ったことのある親戚だけでなく、見たことのない顔の男女数人、そして両親を含めて二十人ほどが居並んでいた。

芳の不安は一気に高まり、同時に緊張感に心臓が押し潰されそうになる。

父は身体が強張って動かない芳を半ば引きずるようにして部屋の中央を歩き、獅堂の隣にある空席へと座るように促された。

強引に座らされた芳は直ぐに腰を浮かそうとする。だが、その前に獅堂の斜め隣に座っていた初老の男が朗々《ろうろう》とした声を張り上げた。

「今から、我が獅子族の当主、獅堂一さまと、伴侶《はんりょ》となる守野芳の、仮祝言《かりしゅうげん》を執《と》り行うこととする」

「え……」

何を言っているのだろう。

芳は呆然と隣に座る獅堂の横顔を見る。

「祝言って……え？　俺、男だよ？」

男らしくは見えないかもしれないが、それでもれっきとした男だ。胸もないし、変な話、ちゃんとペニスだってある。

しかし、芳の言葉に男はまったく動じた様子を見せない。反対に狼狽する芳に向かって、今しがた宣言した初老の男が、まるで幼い子供に言うかのように噛み砕いて説明を始めた。

それには、獅子族は大昔から純血を守ってきた一族で、獅堂の両親もごく近い血で結ばれた夫婦だということ。

本来は獅堂も同じ獅子族の女の中から伴侶を選ぶはずだったが、純血を守ってきたせいか妙齢で血の濃い獅子族の女は既にいないということ。

長老の話し合いで、子を産む者として白羽《しらは》の矢が立てられたのが、獅堂との歳の差と血の濃さで選ばれた芳だということ――。

「え……」

説明されても、芳はまったく理解できなかった。

近親婚《きんしんこん》を繰り返した結果獅子族の女がいなくなったというが、ここにはちゃんと何人もの女がいる。獅堂より多少年上だが、それでも男の自分と結婚するというのより、よほど正しい形のはずだ。

大体、大きな問題だってある。

「俺は男で、この先、この人の後が途絶えるじゃないか！」

純血を守り、この先もそれを続けていくというのなら、それこそ獅堂の血を引く子供を産める女と結婚しなければならないではないか。

誰が聞いたって、芳の言っていることの方が正論のはずだ。

話はこれで終わり……芳はそう思ったのだが。

「それには心配及《およ》ばない。既にお前の身体は妊娠できるものへと変化しているはずだ」

獅堂が力強く響く声で言った。

「……は？」

「代々獅子族の間で伝わってきた秘薬がある。今回のように、時によって子が生まれにくくなった際、それを飲んで身体を中から変えるものだ。それはたとえ男の身体だとしても子供を宿《やど》すことのできる秘薬。一気に飲めば劇薬だが、一年もの長い時間徐々に馴《な》らしてきたおかげで……」

「ま、待ってください、それって……あの、健康茶？」

末席に座る母を見ながら呟くと、肯定するように頷《うなず》かれてしまった。

「そんな……あれが……？」

芳の健康を考えてくれた上で毎日欠かさずに作ってくれていると思っていたあのお茶が、まさかそんな目的のために作られていたなんて考えもしなかった。

芳は自身の身体を抱く。この身体は確かに見慣れた自分のもので、さっき風呂に入った時も、外見上はどこにも変化は見えなかった。だが、身体の中が変わったなどと言われたら、それを確かめるすべなんて何もない。

（こ……わい……）

どう考えたって、そんなことがあるわけがない。なのに、自分以外の者たちは、両親も含めて信じているのだ。

「あ……」

唐突に、思い浮かんだ。

数カ月前から妙に男に絡まれるようになってしまったのは、もしかしたらこの薬の影響だというのか。

　そう思った途端、芳は立ちあがって逃げようとした。こんな異常な雰囲気の中にいたら自分までおかしくなってしまいそうだ。

「捕まえろ！」

「離せ！」

　しかし、慣れない着物姿の上、ここには二十人近くの敵がいて、芳は呆気なく捕まってしまう。

「芳、大人しくしなさい」

　慌てたように母が言った。

「そうだぞ。直系の子を産むことができるんだ。お前のこの先は保障されたものだぞ」

　父も、逃げようとする芳を説得してくる。

　両親はおかしい。優しかった二人が知らない間に芳の身体を作り変えようとしていたなんて、黙ってそんなことをするなんて考えられない。

「どうして、どうして俺なんだよっ！」

　叫ぶ芳は掴まれた腕を滅茶苦茶《めちゃくちゃ》に振りほどこうとしたが、それまで座っていた獅堂が立ちあがるのを見て硬直する。逆らえない圧倒的なオーラに威圧《いあつ》されてしまい、伸びてきた手を息をのんで見つめることしかできない。

「！」

獅堂は軽々と芳の身体を肩に担ぎあげた。まるで荷物のような雑な扱いに圧迫された腹が痛くて呻くが、獅堂は取り囲む者たちを見回しながら言う。

「これの説得は俺がする。下がれ」

そのまま獅堂は廊下に出て、昼間消えたその奥へと歩き始めた。

「お、下ろしてくださいっ。……下ろせってば！」

「煩《うるさ》い」

芳を支える腕の力はまったく緩まず、重さも感じていないほどその足取りは軽い。揺れる視界の中、芳は何とか逃れようともがくが、まったく相手にされないまま突き当たりの襖《ふすま》が開かれた。

「！」

そこは十畳ほどの部屋で、中央には二組の布団が敷かれている。それが妙《みょう》に生々《なまなま》しくて、芳は咄嗟に顔を逸《そ》らしてしまった。

獅堂は後ろ手に襖を閉め、布団の上を歩いて中央に腰を下ろす。同時に、肩から芳も下ろされて、情けなくその上に転がって仰向《あおむ》けになってしまった。

（何、何だよこれっ）

これではまるで、今からセックスをすると言われているようではないか。着物の裾《すそ》が大きく割れて露《あら》わになった足を慌てて隠しながら、芳は何とか上半身を起こした。

「こ、断ってくださいっ」

この家での芳の意思なんてないに等《ひと》しい。それなら、目の前にいる男に、この馬鹿馬鹿しい話を無しにしてもらおうとした。

この男だって、いくら薬で身体を変えたからとはいえ、抱くのなら絶対女の方がいいはずだ。子孫を残せるかどうかもわからない芳を相手にするのは無駄だとしか思えない。

そもそも、今日会ったばかりの相手とセックスはもちろん、結婚なんてどう考えたって受け入れられるはずがなかった。

「断る必要などないだろう」

しかし、獅堂にとってもこの結婚は間違いでしかないと思うのに、まるで何が悪いのかと反対に眉を顰《しか》められてしまう。

「そ、だ、だって」

「お前の身体は既に俺の子を孕《はら》む準備はできている。何人でも産んで、獅子族の血が絶《た》えないようにしないとな」

この男は何を言っているのだろう。本当に、あのお茶で芳の身体が変化したと信じているのか。

そんなことはないと否定しようとしたが、突然腿の間に膝を入れられ、動けないようにされた後に押し倒される。両手を一まとめに、獅堂の片手で軽々と頭上で拘束されてしまい、もう一つの手で顎を固定されてしまった。

「……っ」

顔を背けることもできず、ただ真上の獅堂の目を見返す。睨みつけたかったがどうしても恐怖の方が先に立ってしまい、直ぐに怖くなって目を伏せた。

「芳」

そんな芳の名前を獅堂が呼ぶ。

「あの薬には副作用がある。確実に、一番強い雄《おす》の子を産むために、手当たりしだい男を引き寄せるようになるんだ」

「や……だっ」

「今さら、他の男にやるつもりはない。お前はもう、俺のものだ」

言うなり、キスをされた。咄嗟のことに唇を食《く》いしばることもできず、強引に割って入った舌に口腔《こうこう》内を弄《まさぐ》られる。唾液を啜《すす》られ、反対に注ぎこまれたそれを飲み込めずに唇の

端から零してしまった。

初めての、キスだった。ファーストキスに夢があった芳は、こんなことで呆気なく失ってしまったことが悲しくて、この状況にいっぱいいっぱいになって、堪《こら》え切れずにボロボロと涙が流れる。

(どうして……)

口の中を我が物顔で動く舌に背筋が震え、息苦しさに足をばたつかせる。すると下肢が密着して、相手の固くなったものが押し当てられた時、

「んぁっ」

その生々しさに、芳は反射的に口の中の舌を噛んでしまった。

「……っつ」

「あ……はっ……ぁ」

(な……に?)

口の中に広がる鉄の味。血が出るほど噛んでしまったのかと恐れる以上に、急に身体が熱くなって呻《うめ》いた。身体の中が焼かれ、血が逆流するかのような苦しさに身悶《みもだ》える。

「芳?」

その様子にさすがに異変を感じたらしい獅堂がキスを解《ほど》いて顔を覗きこんできたが、そ

れを振り払うこともできなかった。

「はっ……はっ」

息が、苦しい。喉を掻《か》き毟《むし》ろうと伸ばした手が、なぜか柔らかなものに触れた。

（……え？）

こんな場所で、触れるはずのない感触。まだ身体に痛みは残ったまま、芳は何とか目を開けて自身を見下ろしてみた。

「……う、そ」

首元に見えたのは薄茶の毛。

そう、まるで素肌に襟巻を巻いたかのように、芳の首周りに柔らかな毛が生えているのだ。

「これ……え？」

いきなり毛深くなったなんて、変な冗談を言えるはずもない。芳は身体を襲う痛みや熱さも忘れ、怖々それに触れてみた。撫でても、引っ張っても、それは肌から外れない。明らかに生えているのだとわかった途端、芳は大きく息をのんだ。

「俺、毛、毛が？」

「……獣化《じゅうか》か」

感心したような呟きに反射的に顔を上げると、身を起こした獅堂が胡坐《あぐら》をかいてこちらを見ていた。

「じゅ、獣化?」

「俺の血を飲んだだろう。多分、そのせいでお前の中の獅子の血が蘇《よみがえ》ったんだ」

「血って、今?」

キスの時、舌を噛んだあの僅《わず》かな血で、自分の中の何かが変わったというのか。

「完全に獣化はできないようだが……首だけじゃないぞ。耳と、尻尾も生えている」

「!」

獅堂に指摘され、パッと頭に手をやった芳は、そこにも柔らかな感触を二つ見つけた。目で見ることはできないが、これは今までにも触ったことがある猫や犬の耳と同じような感触だ。

尻尾は、怖くて見られなかった。自分が人間ではない証《あかし》を直ぐに受け入れられるはずがない。

「本当にお前の血は濃かったらしい。これで純血の子が産まれるのも期待できる」

突然の身体の変化に意識がいっていた芳は、獅堂のその言葉に改めて今の状況を思い出した。身体が変化したって、今強引に抱かれそうになっていることに変わりないのだ。

（絶対に嫌だ！）

好きでもない相手とセックスなどできない。純血を残すのだと言われても、芳にはそんな事情は関係なかった。

今、獅堂は芳が変化したことに意識を捕らわれている。

部屋の中は自分と獅堂だけで、ここに来るまでの廊下にも人はいなかった。

――逃げるなら、今しかない。

「痛みがあるのか？　今薬を……」

「……っ」

獅堂の視線が自分から離れた瞬間芳は素早く起き上がり、気づいた獅堂の伸ばす手を間一髪でかわして部屋の外に飛び出した。

「おいっ」

「追いかけてきたら死んでやるから！」

子供のような捨てゼリフが獅堂に効くかはわからなかったが、それでも芳は言わずにいられなかった。

遠くには逃げられないかもしれない。それでも、今を何とかできれば。

（……さんっ、神代さん！）

誰の助けもない中、芳は無意識に神代の名前を呼んでいた。

部屋を飛び出した芳はそのまま縁側へと裸足で下りた。

母屋からは賑《にぎ》やかな声が聞こえてくる。あんなにも態度で嫌だと訴えた芳のことなど忘れ、今頃皆で宴会を開いているのかと思うと泣きそうになった。

だが、今ここで泣いているわけにはいかないのだ。あのまま獅堂が諦めてくれるとは思えず、今にも後ろから追いかけてきそうな圧力を感じる。

早く、早く逃げなければ。

裏木戸から外に出ると、直ぐに細い道がある。周りは田んぼが広がっていて、隣の家まではかなり距離があった。しかし、今の自分の姿では安易に人前に姿を現すことはできない。

(これ、これなんだよっ)

首周りにある毛を着物の襟もとに何とか引っ張って隠そうとするが、当然ながら完璧に隠せない。いや、それよりも、耳も尻尾も生えているらしいのだ。さすがに尻尾は着物の中にあるが、尻の少し上あたりがむず痒《がゆ》くて何度も手を伸ばしかけたのを止めた。

獣化だかなんだかわからないが、こんなふうに身体が変わっている状態でどこに行けば、誰に頼ればいいのか。

携帯電話も財布も持っておらず、その上こんな場違いな姿だ。

頭の中に浮かんでいるのはただ一人の面影だが、連絡を取ろうにもその手段がない。

「走って……でも、裸足《はだし》でどこに行けば……っ」

その場にしゃがみ込みたくなるのを何とか堪《こら》えて、とにかく本家から離れるために走る。

裸足なので小石や砂利《じゃり》が足の裏に当たるが、今は痛みなど感じなかった。

「あれ？　芳？」

「！」

百メートルほど走った時だろうか。

薄暗くなってきた道の向こうから声を掛けられ、芳は心臓を鷲掴《わしづか》みにされたような衝撃に足を止めてしまった。

（見つかった……っ）

こんなにもあっさりと捕まってしまったのかと絶望感に襲われ、この後の自分の身に起こることを想像して血の気《け》が凍る。

もう、再び走り出すこともできずに立ち竦《すく》んでいると、しばらくして歩いてきた相手の顔が見えた。それは従兄弟《いとこ》の高校生だ。

「どうしてこんなとこにいるんだ？　その格好も……なに？」

「カズ……聞いてないのか？」

「何を？」

不思議そうに首を傾《かし》げる様子に、芳の中で限りなくゼロだった逃げきれる可能性が大きくなった。どうやら大人以外、いつも母屋で集まる従兄弟たちには今回の獅堂と芳のことは知らされていないらしい。

「俺、今みんなにアイス頼まれてさ、ちょっとそこのコンビニに行ってたんだけど……その間になんか遊んでんの？」

もう、これが最後のチャンスだと思った。

「カズッ、携帯……あっ」

（携帯は駄目だっ）

ここで携帯電話を借りて連絡を取ったとしたら、従兄弟が戻れば直ぐに履歴で探されてしまう。人の機種の履歴の消し方なんてわからないし、そんな時間もないのだ。

「ひゃ、百円貸してっ」

「百円？」

「う、うん、そうっ、ジュース買いに行きたいんだっ」

去年、ようやくこの近くにできたコンビニの前には公衆電話があった。そこからなら電話が掛けられる。

「ジュース？　なんだよ、財布忘れたのか？」

まったくなんの疑いもしない従兄弟は、財布から五百円玉を取り出した。

「百円じゃ買えないだろ？」

「あ、うん、じゃあ、二百円、二百円貸してっ」

公衆電話で五百円玉が使えるかどうかわからないのでそう言えば、従兄弟は素直に二百円を渡してくれる。

「芳、足……」

「ありがとう！」

深く突っ込まれる前に急いで走りだした芳は、早く日が暮れるように願った。

この近所に一つしかないコンビニには客も多く、自分の今の姿は好奇の目に晒《さら》される可能性が高い。それが暗ければ、少しは人目《ひとめ》も避けられるはずだ。

「はっ、はっ」

足に着物が絡みついて走りにくかったが、芳は一度も足を止めなかった。捕まったらそこで終わりなのだ、嫌なら逃げ切るしかない。

ようやくコンビニの明かりが見え、芳は泣きそうになった。

背中から今にも肩を鷲掴みにされそうな恐怖を抱えたまま公衆電話に飛びつくと、震える指で番号を押す。大切な番号だからと、ちゃんと覚えていてよかったと心底思った。

（お願い、出て……っ）

もしかしたら、どこかに出かけていて電話に出られないかもしれない。いや、公衆電話からのものは取らないという可能性もある。

ここまでくれば何とかなると思い込んでいた芳も、いざこうして呼び出しコールを聞いていると様々な後ろ向きの考えが頭の中に浮かんで、だんだんと受話器を持つ手が落ちてしまった。

『はい』

もう、駄目かもしれない。

コールが何回か数えることもできなくなった時、ようやく訝《いぶか》しげな声が耳に届く。

「神代さんっ」

思わず縋るように名前を叫んだ芳は、その時初めてガラスに映る自分の姿が目に入った。

「……」

（な……い）

首周りに隠すこともできないほどあった毛が——なかった。ハッと頭に手をやり、そこに耳がないのも確認する。

「どうして……」

あれは夢だったのかと一瞬考えたが、着ている白い着物を見るとあの奥の間での出来事が夢ではなかったことは確かだ。だとすると、いつ、どうしてあの毛は、耳はなくなったのだろうか。

『芳？　どうした？』

名前を呼んだきり話さなくなった芳を心配してくれたのか、珍しく焦った声が電話の向こうから名前を呼んできた。そのことに我に返った芳はしっかりと受話器を抱え直し、周りを警戒しながら声を落とした。

「お願いします、助けてくださいっ」

『何があった？　今どこだ？』

「神代さん……っ」

『落ち着いて、今どこにいるのか言ってくれ』

「あ、あの……」

焦りと動揺で時折言葉につまりながら、芳はようやく自分が今いる場所を言う。だが、どうしてそんなところにいるのか、なぜ携帯電話から電話をしないのかということをどう説明していいのかわからない。

それを説明するには自分が獣人《じゅうじん》だということも、獅堂とのこともすべて言わなければならない。

神代のことは信用しているし、むやみに差別するような人だとは思わない。それでも、現実にはありえないことを直ぐに理解してくれるかといえば不安の方が大きかった。

それでも。

『直ぐに迎えに行く。その辺りで待てるか？』

神代がそう言ってくれた時、涙が零れるほど嬉しかった。

第三章

自宅のソファに芳《かおる》がいる。

風呂に入れてやり、自身のスウェットを貸してやったが、体格が違いすぎるのか中で身体が泳いで見えるほどに大きい。

目の前に冷たい水を置いてやると、小さく礼を言ってそれを口にした。

芳の隣に腰を下ろすと、可哀想なくらい身体が強張るのがわかる。自分を、というより今は誰に対しても警戒心が強くなっているようだ。

（いったい、何があった？）

芳からの電話で直ぐに車を飛ばしたが、目的のコンビニに着くまでに高速を使っても二時間もかかってしまった。本家があるという芳の田舎は関東近郊で、週末の交通渋滞も懸念したが、観光地とは違う方向だったのでなんとかその時間に着くことができたのだ。

神代が芳の名前を呼んでしばらくした後、コンビニの裏のゴミ置き場らしい小さなプレハブの陰から白い影が覗き、まさかそれが白い着物を着た芳だとは、その顔を確かめるまで信じられなかったくらいだ。

神代は、自分が突発的な事にも動じない性格だと自覚している。だが、そんな自分でも、その時の芳の姿は異様に映った。

直ぐに車に乗せ、その場から車を走らせると、芳は助手席の下へと身を隠して震えていた。いったい何をそんなに恐れることがあったのか、ちゃんとその目を見て追及したかったが、今はこの土地から去ることを優先した方がいい。

肌でそう感じ、来る時よりもさらにスピードを出して都内に戻ると、神代は真っ白な顔色をして口をつぐんだままの芳を自身のマンションに連れ帰った。

見るからに寒々しい着物は直ぐにでも着替えさせたかったが、どうにも今の芳は簡単に身体に触れることができないほどの緊張感に包まれていた。

神代はできるだけ神経に触らないよう用心深く観察をし、頃合を見計らってようやく声をかけて着替えさせたのだ。

「……落ち着いた？」

落ち着きなく視線を彷徨わせていた芳が、ようやく神代の方を向く。

「……すみません」

「どうして謝るんだ？」

「だって……神代さん……迷惑……」

話している間に声が震えてきて、芳が半泣きになっていることがわかった。どうやらようやく落ち着いて、一気に感情が溢れ出たような感じだ。

助けを求めたことにも罪悪感を抱いているらしい芳に、神代は決してそうではないと強く言った。

「迷惑に思っていない。私が好きで迎《むか》えに行っただけだ。それよりも、あんな恰好で、どうしてあんな場所にいたのか話してくれないか？」

神代が驚いたのは白い着物だけではない。芳は裸足で、携帯も財布も持っていなかった。僅かに着物は乱れていて、一見《いっけん》して乱暴されたんではないかという危惧《きぐ》を抱いてしまったほどだ。

十九歳の誕生日に本家に行かなければならないと言っていたが、そこで明らかに芳は普通ではない状態にあった。それを黙って見過ごすことができるはずがない。

なかなか口を開いてくれない芳の手をそっと取ると、可哀想なほど震えている。それが自分への恐れではないと信じ、さらに力を込めた。

「私は頼りないか？」

まだ知り合って一カ月ほどだが、それなりの信頼を寄せてもらっているという自負がある。同時に、少なからず好意もそこにあるはずだ。芳が信じ、手を伸ばしてくれさえすれば、どんなことでもしてやりたいと思うほどに本気だということを知ってほしい。

「神代さん……」

「私は、芳が好きだ。だから、そんなふうに芳を泣かせた相手を許せない」

「……俺を、好き？」

呆然と繰り返す芳は、信じられないことを聞いたかのように小さく繰り返す。弱っている相手に向かって言うのは卑怯《ひきょう》だろうが、神代はこの機会を逃すつもりはなかった。

芳に何かあったのは確かで、それから逃れるために選んだのが自分だ。それがたとえ年上の友人に対する信頼であっても、特別な感情には違いない。それを好意だと勘違いするように誘導することは簡単なはずだ。

現に、目の前の芳の、青白かった顔色が徐々に赤く染まっていくのが良くわかる。

嫌がってはいないのだと確信し、神代はさらに言葉を継いだ。

「芳に関することを人事だとは思わない。楽しさも苦しさも悲しみも、共有したいんだ。芳、何があった？　大丈夫だ、私が絶対にお前を守る」

言いきって、次の瞬間抱きしめた。始めは強張っていた身体が、徐々に緊張を解いていき、やがて躊躇《ためら》うような手つきで神代の背に芳の手が回る。それには直ぐに力がこもり、縋るような強さになった。

「……俺、人間じゃないんです」

小さな声が、不思議なことを呟いた。どう言うことだと聞き返したかったが、今は芳の心中を吐露《とろ》させることの方が先だと思い、促すように背を撫でてやる。

「……獣人、って、獣《けもの》の血が入ってて……俺は、獅子族の一人で……」

そこまで言った芳は、少しだけ神代から離れて顔を見上げてきた。まるで、今の自分の言葉に対する神代の反応を探っているようだ。

「……嘘だって、思わないんですか？」

「芳が私に嘘を言うはずがないだろう？」

「神代さん……」

「人間の祖先は猿だからな。私だって猿の子孫だ、獅子の血が入っている芳の方が格好良いな」

「……ふ」

芳を慰めるわけでもなく、単に思ったことを正直に告げたのだが、そんな神代の反応に芳は安心したらしく僅かに笑みを漏らした。

そこからの芳は、時折詰まりながらもその身に起こったことをきちんと説明してくれた。

どうやら、人間ではなく獅子族……獅子の血が混じっているということが芳の中で一番大きな秘密だったらしく、それを神代が受け入れたとわかって安心したらしい。

今日行った本家で、初めて会った男と結婚させられそうになったこと。

一年前から、自分の身体が妊娠できる身体に作り替えられるように薬を飲まされていたこと。

キスをされて、突然耳や尻尾《しっぽ》、首周りに毛が出てしまったこと。

相手のことが怖くなって逃げ出し、あのコンビニから神代の携帯電話に連絡したこと。

正直にいえば、直ぐには信じられないようなことの羅列《られつ》だった。人間が獣のように変化するのもそうだし、男が妊娠するなど科学的にありえるのか。

だが、何よりも神代が衝撃を覚えたのは、芳が自分以外の男にキスされたという事実だ。

芳の様子からみても、それがファーストキスだった可能性が高く、胸の中で悔《くや》しさがこみ上げてくる。

(あの白い着物は、初夜を迎える花嫁というわけか)

神代が何を考えているのかわからないだろう芳は、泣きそうな声で続けた。

「俺……もう、逃げることしか考えられなくて……」

「芳」

「そうしたら、神代さんのことしか浮かばなかった……っ。俺っ、あの人の子供なんて産みたくないよっ」

両親にさえ裏切られてしまったその時、芳の脳裏に自分のことが浮かんで、実際に連絡してくれたことは嬉しい。嬉しいが。

「何度された？」

「え？」

「キス」

自分でも、己《おのれ》の声に不機嫌さが混じっているのがわかる。芳もその気配を感じ取ったのか、安心したように身を任せていたのが一転、身体を離そうとした。もちろんそれを許すつもりはなく、神代は抱きしめる手にさらに力を込めた。

「芳」

「い、一度だけだよ？　それだって無理矢理……っ」

半泣きになりながら訴える芳の言葉に嘘はないだろう。一度でも許し難いが、それが芳の意思でないことはもちろんわかっているし、この醜《みにく》い感情は自身の嫉妬でしかない。

高まった感情を鎮めるように大きく息をついた神代は、芳の髪を宥《なだ》めるように撫でた。

すると、少しだけ芳の身体から強張りが解ける。

（それにしても……）

見下ろす芳の身体はいつもの見慣れた彼で、獣人だと言われてもピンとこない。むしろ、この芳に耳や尻尾が生えたらそれだけで可愛いと思うのだが、やはり自身の目で見ていないせいか現実感がない。

それよりも、芳を襲ったという男の方が大問題だ。

今回は何とか逃げることができたが、両親があちら側についているとしたらそれこそまた同じような目に遭いかねない。それは、もしかしたら明日かもしれないのだ。

大学生とはいえ、まだ未成年の芳にとって両親の影響は大きいだろう。このまま芳を帰してみすみすその男に取られてしまうなんて冗談じゃない。

（それならばいっそ……）

神代は芳の肩を掴んで自分から離した。突き放されたのかと思ったらしい芳の目からぽろりと涙が零れた。

そんな顔も可愛いなと思いながら、神代は笑って頷いてみせた。

ここから芳を丸めこむ。元々、近いうちに芳に告白するつもりだった。それが少し早まっただけだ。いや、むしろこんな切迫《せっぱく》した状況だからこそ、芳との関係を一気に進めることもできるのだ。

「芳、私はお前が好きだ」

「……え？」

突然の告白に、芳は泣きながら驚いている。

大きな目をますます大きく見開く様に笑みが漏れた。

「今、こんなことを言っても直ぐには信じられないかもしれないが、出会って、芳のことを知って、どんどん好きになることを止められなかった」

「か、神代さん……」

「男同士だし、芳が直ぐに受け入れられないかもしれないと思って、もう少し今の関係を続けようと思ったが……芳の話を聞いて、このまま指を咥《くわ》えて待っていられなくなった」

かき口説きながら、神代は注意深く芳の表情を見る。驚いているものの、嫌悪の色がないことに安堵した。

元々、好意を向けてくれていたのだ。そんな中で同性との結婚や妊娠を突きつけられて混乱した頭の中では、神代が男だから断るという考えにはいきつかないはずだ。

「芳、私のことが嫌いか？」

「え、あ、俺」

「触れられたくないと思うか？」

「だって……俺、俺、待って、突然そんなこと……」

ごく当たり前の反応を示すが、この状況に余裕などない。悠長に考えるからと言われている間に、神代が顔も知らない男が芳を奪いに来るかもしれないのだ。

「芳、その男との子供は産みたくないんだな？」

神代への感情ではなく話を始めに戻したことで、芳もそれには迷うことなく頷く。

「それだったら……私とセックスしないか？」

「な……っ」

「その男たちは純血を重んじるんだろう？　それなら、私が芳を抱けばその時点で他の血統が混じることになるはずだ。私となら子供もできないし、そいつらも人間に抱かれた芳に子供を産ませようとは思わなくなるんじゃないか？」

冷静に考えれば、いずれも男同士でそこに純血やら血統やらが関係することはないとわかるはずだ。女と違って処女膜《しょじょまく》というものはないし、《最初》ということに拘《こだわ》らないのならこの後だって芳を抱くことに躊躇《ためら》わないかもしれない。

要は、芳の意識次第だ。

突然の告白とセックスへの誘いに、芳はただ驚いて何も言えないようだ。両親に騙され、見知らぬ男に襲われかけた芳を優しく宥めることを求められているのはわかっていたが、今夜を逃すと芳に手が届かなくなるかもしれないと思うとどうしても気持ちが急《せ》いた。

「芳」

決断を迫るように名前を呼ぶと、芳はどうしていいのかわからないように首を振る。震える赤い唇を見ていると、それに触れた顔もわからない男の存在が頭を過った。

芳にわからないように口の中で舌を打ち、神代はゆっくり芳に顔を近づけた。

＊　＊　＊

（ど、どうしよう……っ）

迫ってくる神代の整った顔を間近に見ながら、芳は今日何度目かのパニックに襲われていた。

『芳、私はお前が好きだ』

神代の告白は意外なようでいて、心のどこかでそれを素直に受け入れている自分がいた。

本当に偶然の出来事で出会い、本来ならそれきりになっていた自分たちが短期間でこれだけ親しくなったのは、神代の方からまめに連絡を取ってくれたからだ。

忙しい仕事の合間を縫ってしてくれるだろう電話やメールを待つようになったのはいつのころからか。一番大変な時、真っ先にその顔が頭に浮かんだ時点で、芳の神代への思いは決まっていたのかもしれない。

恋愛感情かどうかは、今の自分にはわからない。

それでも、好きか嫌いかと聞かれたら、間違いなく好きだと答えることができる。

芳は目を閉じる。獅堂にキスされた時はあんなにも怖くて、嫌悪感も強かったのに、神代に対しては少しもそんなことを感じない。その理由はきっと、一つしかないのだ。

「……」

重なるだけで離れた唇に寂しささえ覚えながら目を開いた芳は、じっと自分のことを見ている神代と視線が合って頬が熱くなる。

「……芳？」

神代にだけ言わせるなんて卑怯だ。

男同士とか、年齢とか。様々なことを乗り越えて告白してくれた神代に対し、芳も逃げずに答えなければと思った。

「……俺も、好き……です」

面と向かって言うのは恥ずかしくて視線を下に向けたまま言ったが、直ぐにアクション

が返ってくるかと思ったのに神代は何も言ってくれない。もしかしたら、好きだと言うのが遅かったのだろうかと猛烈に不安になってちらっと顔を上げると、そこには初めて見る神代の驚いた顔があった。

「……神代さん?」

「……本当に?」

「え?」

「私だけが、好きなんじゃないのか?」

「そんなっ、違いますっ」

大人の神代は、芳がどんな答えを出しても余裕で受け止めてくれると漠然と思っていた。悩んだり、躊躇ったり、困惑したりするのは自分だけだと思っていた。

だが、神代もやはり、不安を感じていたのだ。

驚きの顔からじわじわと嬉しさを滲ませた表情に、芳は自分の中にあった神代への好意に熱が生まれたのがわかった。まだ、好きと大きな声では言えない。それでも、キスされて嫌だとは思わないし、何より切羽《せっぱ》詰まった状況の中、頭の中に浮かんだのは神代の顔だった。

助けにきてくれる確信はなかったのに、それでも彼の名を呼んだ。

好きだから、神代以外に触れられることを無意識のうちに恐れた。

芳は少しだけ躊躇《ためら》いながら神代の服を掴む。そして、今度は先ほどよりももう少し強い声で言った。

「俺、神代さんのこと、本当に好きです。今気づいたけど、多分、ずっと前から好きだったと思う」

「……そうか」

大きな手に頬を撫でられ、そのまま上を向かされた。

「じゃあ、いいか？」

「……」

「芳を私のものにしたい。他の男には、絶対に渡さない」

好きな人に求められて、嫌だと思うはずがない。だが、芳は頷きかけて一瞬止まった。

「芳？」

「で、でも、俺、どうしたらいいかわからない……」

男同士のセックス。まだ女の子ともそういった経験のない芳にとっては本当に未知の世界のことで、怖いという感情が拭いきれない。それに、実際に男の身体である自分を前にした時、やっぱり抱けないと言われたりしたら。

恐怖と不安で揺れる気持ちを、しっかりと受け止めてくれたのはやはり神代だった。

「私にすべて任せてくれたらいい」

「神代さん……」

「大切に抱くから」

重ねて言われ、じっと目を見つめられる。その目を見た芳はふっと息を吐いた。

いつだって神代は優しくて、芳に対して誠実だった。

突然助けを呼んだ時も、車を飛ばして駆けつけてくれた。

その彼が約束してくれているのだ。信じられないことなどない。

「……」

芳は微かに頷いた。言葉で伝えるのは恥ずかしい。

すると、額にキスを落とした神代に軽々と抱き上げられ、そのまま別の部屋に連れて行かれる。そこは、大きなベッドが置かれた寝室だった。

一人暮らしにしては少し大きいのではないか。もしかしたら過去にもここで誰かが神代に抱かれたことがあるのかもしれない。そんなことを想像してしまい、過去のことを責める権利はないが胸の奥がちりっと痛んだ。

「芳?」

ベッドに仰向きに下ろされた途端、身を捩《よじ》って顔を隠した芳に神代は問いかけてくる。

だが、こんな子供じみたことを考えているなどと知られたくなかった。

「……嫌なのか？」

だが、芳の態度を神代は別の方向へととったらしい。声を落として言われてしまい、慌てて首を横に振った。

「それなら、どうして？」

今自分が思っていることを伝えても良いのだろうか。ただ、せっかく両想いになったばかりだと言うのに、気持ちがすれ違ってしまうのだけは嫌だった。

「お、俺以外にも、ここで……」

かろうじてそこまで言うと、敏い神代は芳が何を想像したのか悟ったらしい、ふっと息をつく気配がして、そのまま抱きしめられた。

「ここには誰も連れてきていない」

（う……そ）

神代みたいにカッコ良くて優しい人がモテないはずはなく、これまでに付き合ってきた相手を自宅に招いていないなどというのは信じられなかった。

しかし、

「清廉潔白《せいれんけっぱく》とは言えないが、これだけは誓える。私は今まで自分のテリトリー内に誰かを連れてきた覚えはないんだ。芳が初めてだ。……信じられないか？」

重ねて言われ、それでも疑っているとは言えなかった。

もしかしたら神代の優しい嘘かもしれないが、一方で彼が嘘などつくはずがないとも思う。

どちらにせよ、過去のことは今は関係ない。神代が見つめているのは自分だと、芳は小さく頷いた。

「信じます……ごめんなさい」

「謝ることはない。嫉妬してくれているとしたら嬉しいし、それほど芳が私のことを想ってくれている証《あかし》だしな」

子供っぽい芳の嫉妬も許してくれた神代は、何度も髪を撫でてくれた後キスをしてくる。角度を変えて押し当てられるそれを目を閉じて受け入れていた芳は、やがて唇を舌で舐められ、突かれて、無意識のうちに開いていた。

「んっ」

すぐに滑り込んできた彼の舌に自分のものを絡め取られ、そのざらついた感触に背筋が震える。肉感的なキス……いや、くちづけに、既に眩暈《めまい》がしそうだ。

（神代さん……っ）

必死に広い背中に手を回して抱きつくと、彼もしっかりと芳を抱きしめかえしてくれる。

その間にサイズの大きなスウェットの裾《すそ》から忍び込んできた手が肌を撫で、芳は口をついて出そうになる嬌声《きょうせい》を必死でかみ殺していた。

大人の男の大きな手で触れられるのは怖いはずなのに、獅堂に触れられた時は恐怖しかなかったのに、今はとても安心できる。いや、ドキドキと煩《うるさ》いくらい速まっている心臓の鼓動は、この先の未知の経験に無意識に期待しているのかもしれない。

解かれたくちづけの後、神代の唇はまるで芳の身体に自身の痕を付けるかのように様々な場所へと触れてくる。目元も、頬も、鼻も。

どこもかしこも、気持ちが良い。

「芳」

「……ぁっ」

魅惑的な低い声で名前を囁かれ、芳は身体を逸らす。そのタイミングをはかったかのように、するりとスウェットのズボンが下着ごと脱がされた。

「やだっ」

羞恥にかられて咄嗟に抵抗したが、芳の気持ちを確信したらしい神代の手は止まらない。

直《じか》に尻を撫で、揉まれて、情けないほど呆気なく下肢に熱が集中するのを自覚した芳は、その反応を神代に知られまいと身体を丸くして隠そうとした。

しかし、神代はそんな芳の反応を予期していたのか、あっさりとシーツの上に芳の両手を縫いつける。まるで拘束されているような体勢に、無意識に怯《おび》えた目をしてしまったらしい。

「私が怖いか？」

真剣な眼差しが芳を射抜いた。

「か、神代さん」

「芳」

神代のことを怖い存在なんて思ったことはない。大人の男として憧れるし、さっき気づいたばかりだが好きな相手として、特別に見ている。

怖いのは、未知の経験だった。今から自分が何をされるか、どうなってしまうのか、まったく見当がつかないだけに想像ばかりが膨らんで、どうしようもなく怖くなってしまっていた。

だが、そのことで神代に変な誤解はしてほしくない。ちゃんと好きで、身体を合わせるのだとわかってほしい。

芳は何度も深呼吸をして、なんとか身体から力を抜く。そして真っ直ぐに見つめるのは恥ずかしいので微妙に視線は逸《そ》らしたまま、自分のことを見下ろしている神代に向かってちゃんと思いを告げた。

「……怖くないです」

「本当に？」

「神代さんのこと、好きだし……でも、多分、嫌とか、怖いとか言うかもしれないけど、あの」

「わかった。その時は、もっと感じさせて、そんな考えを消し去ってやる」

目を細めて嬉しそうに言う神代は、今度はスウェットの上着にも手を掛けて脱がした。

呆気なく全裸を晒《さら》すことになってしまい、部屋の中の明かりが気になってしかたがない。

「あの、明かり……」

「消したら芳の顔が良く見えない」

（見、見られたくないんだけど）

反論は、キスで遮《さえぎ》られた。知ったばかりの深いキスに応えることでいっぱいいっぱいな芳は、その間に神代が自身の服を脱ぎ捨てていることに気づかなかった。

いつの間にか掴まれていた手は解放されていて、しがみ付くために背中に腕を伸ばした時初めて、神代が上半身裸になっていることがわかった。

「……綺麗……」

初めて見る神代の裸身は、すっきりとした容貌に反するように筋肉質だった。肩幅もあり、手足も長い神代のスーツ姿をいつも綺麗だとは思っていたが、これほど着痩せしていたのかと思うと驚く。

背中に回そうとした手でおずおずと彼の胸に触れると、みっちりとした筋肉が手のひらに伝わった。滑らかな肌触りに思わずすっと手を動かすと、頭上で笑う気配がする。

「……わざとじゃないから困るな」

「え？」

何を言っているのかと目線を上げた芳は、軽くくちづけされて反射的に目を閉じた。

「芳に触れられるだけで感じてしまうんだ」

何が、なんて、ここで言い返すほど子供ではないが、直球な言葉にどう反応していいのかわからずに動揺する。その芳の反応に今度は声を出して笑った神代は、頭を下ろして芳の首筋に歯を立てた。

「んっ」

チクッとした痛みは一瞬だけで、今度は労《いた》わるように舌が這わされる。それを何度も繰り返されながら、今度は胸を撫でるように触られた。

まったく膨らみのないそこを確かめるような手の動きに集中し、乳首を摘《つ》まれると驚いて身体が揺れる。その反応をどう取ったのか、さらに指に力を入れられてしまい、芳は声を上げてしまった。

「やっ！」

嫌なのに、口をついて出た声の中には自分でもわかるほどの甘さがある。恥ずかしくてたまらなかったが、神代は宥めるようにもう片方の手で頬を撫でてくれ、芳は呆れられたわけではないと安堵した。

「やっ？」

だが、次の瞬間、指で刺激されていた場所が滑《ぬめ》ったものに包まれてしまい、慌てて視線を下にやると神代が胸に吸いついているのが見える。

（お、俺のっ？）

そんな場所を吸ったって面白くもないはずなのに……そう思う反面、自分でも驚くほどざわっとした感覚が下肢を襲った。

「か、神代さんっ」

自分の身体が別のものに変わっていく気がして怖かった。男なのに、胸が感じるなんてそんな馬鹿なことがあるはずないのに、それでも確かにじんじんと痺れるのが痛みではないのだとわかる。

自覚した瞬間、ずんっと何かがこみ上げて身体が熱くなった。

どうしたら良いのか、頼るのは目の前にいる神代しかいなくて、芳は必死になって抱きついた。

「こ、わいっ」

「芳」

「怖い、よっ」

顔を上げた神代が、次の瞬間大きく目を見開くのがわかった。いったい何がと告げる前に、芳の視界を過ったものがある。薄茶の、毛のようなもの。それが首筋に見えた途端、芳は神代の目から身体を隠すために丸くなった。

(どうしようっ！)

こんな時に身体が変化するなんて思いもしなかった。話に聞くのと、実際に見るのとはまるで印象は違うはずだ。これを見た神代に薄気味悪いと思われたりしたら、それこそ生きていけない。

好きだと言ってくれた唇から、今度は拒絶の言葉が出てくるかもしれない。想像するだけで怖くなり、芳は上掛けの中に潜り込もうとした。だが、意外にも神代はそんな芳を抱きしめ、こめかみに唇を押し当ててきた。

「可愛い」

「！」

「ふわふわで手触りも良い。これが、本当の芳なんだな？」

言葉と同時に首筋を擽られ、芳はおずおずと顔を上げる。

「ああ、耳も可愛い。尻尾は……今は見えないな。後で見せてくれるか？」

神と耳を手で撫でられ、芳は思いきって尋ねた。

「……気持ち、悪くない？」

「どうして？　どんな芳でも可愛い」

今の自分の姿を見ることができないが、神代がそう言ってくれているのならこの姿を否定しなくてもいいのだろうか。優しく目を細める彼を見つめ、触れる温かな体温を同時に感じて、芳は不思議と安心できた。

「……大丈夫か？」

耳に心地よい神代の声が、芳を気づかうように囁きかける。嬉しくて、何度も頷いた。

自分を抱こうとしているのは、獅堂ではない。

普通の人間ではありえない姿を晒《さら》しても、優しくすべてを受け入れてくれる神代だ。それが改めてわかると、不思議と怖さが薄れた。単純かもしれないが、神代が自分に対して痛いことも、怖いこともするはずがないと、無条件に信じることができたのだ。

そんな芳の身体の変化に神代も気づいたようで、再び彼の唇が首筋を食《は》んでくる。慣れない毛が肌を擽《くすぐ》る感触に首を竦《すく》めると、今度は手が薄っぺらい腹を撫で、淡い恥毛《ちもう》を掻き撫でた。

「ぁ……っ」

「芳」

指先が、芳のものに伸びてくる。驚くことにもう勃《た》ち上がっているそれは、神代の手を押し返すようにさらに反応が大きくなった。

自分とは違う、他の人間の手が触れる。気持ちが良い場所を、気持ちが良いように、情けないほど溢れている先走りの液を絡めながら竿《さお》を擦《こす》られ、芳はもう快感の声を押し殺すことができない。

「あっ、やぁっ、んぅっ」

くちゅくちゅという粘液の音がいやらしく耳に響き、それが嫌で身を捩ろうとしてもしっかりと腰を抱く神代の手は離れない。

「たっぷり濡らして……いいのか」

耳の中に舌を入れられ、かき混ぜられる音が脳まで響き、それだけで何かに酔ったような気分になる。たちまち身体からは自然に力が抜けてしまい、ただ与えられる刺激に応えるしかない。

「耳も、ピクピク動いているぞ」

「あ……ぁっ」

唇を押し当て、その後に舐められて、腰が戦慄《わなな》くと宥めるようにペニスを弄《いじ》る手が巧妙《こうみょう》に動いた。

（き、もち、い……っ）

擦って吐き出すだけの自慰《じい》とはまるで違う気持ち良さに、熱は一気に高まる。芳は足の間にある手を無意識に腿で挟み、堪えることもできずに精を吐き出してしまった。

「はっ、は……っ」

神代の手を汚してしまった罪悪感があるのに、射精したばかりの弛緩《しかん》した身体は自由に動かすことができない。それでも、何とか汚れてしまったものを拭《ふ》こうとしてシーツに手をやると、その上から大きな手で握られてしまった。

「芳」

甘い響きの声にぼんやりと視線を向けると、覗き込んでくる神代の目の中に熱い欲情の炎が見えた気がする。一方的に感じさせられていると思っていたが、愛撫を与えている側の神代もまう、堪え切れない欲望を高めているのだと知って嬉しくなった。

「少し痛いと思うが、いいか？」

痛みなんて、今だって感じてない。むしろ過ぎる快感に呼吸が苦しくなっているだけだ。それに、たとえこの先に苦痛があるとしても、神代がこうして手を握ってくれているのなら我慢できる気がした。

頷く代わりに瞼を閉じると、軽く唇にキスされる。そのまま、片足を大きく持ち上げられ、さすがに芳は目を開けてしまった。

「あ、のっ」

この体勢では、たった今吐き出してしまった精液で濡れた自身も、その奥の双玉も神代の目に晒されてしまう。感じている顔を見られているのとはまた違う羞恥に苛まれてしまう芳に、神代は萎えたペニスを撫でおろし、双玉をやわやわと掴んだ後、そのもっと奥へと濡れた指を滑らせてしまった。

「ここに、私のものを入れるんだ」

「……そこって、だって……」

確かに、男同士ではここを使うしかない。物理的には理解できても、尻を使ったセックスを想像するのは難しくて、芳は思わず止めてと言いそうになった。

「神代さん、あの……っ」

「私のものになってくれないか」

「……っ」

そうだった。

今ここで神代のものにならなければ、芳はまた獅堂に襲われるかもしれない。両親に助けを求めても、二人とも獅堂と結ばれることを望んでいるのだ、まだ学生の芳に逃げ場などなかった。

(……違う、俺はっ)

獅堂のことが切っ掛けになったが、芳は神代を逃げ場にしたくない。神代が好きだからこそ、彼のものになると決めたはずだった。

想像できない恐怖や痛みをどう消化していいのかはわからないが、それでも受け止める。

尻の蕾を撫でられ、その中に指を一本挿入されても、芳は目を閉じて耐えた。

「ジェルかオイルがあれば良かったんだが……」

(ジェル？　オイル？)

それをどう使うのかわからないまま、身体の中に人のものが入っている違和感に耐えていると、中の指が何かを探るように動きだす。

「……狭いな」

(せ、まい?)

何がと聞こうとして口を開いても、漏れてくるのは恥ずかしいほど甘い声だ。

「あ、なに? なにっ?」

不意に、浅い個所を爪で擦られた時だった。目がチカチカする感覚と共に、ついさっき吐き出したばかりの精液が再び溢れる。直接触れられていないのにどうしてと思う間もなく、いったん身体の中から引き出された指が濡れた芳の腹やペニスを撫で、再び中へと押し入ってきた。

今度は驚くほどすんなりと入ってきたそれは、さっきよりも大胆に孔肛《こうこう》を弄る。痛痒《いたがゆ》くて、ぞわぞわとする、今まで感じたことのない感覚に、芳は目じりに涙を溜めながら神代の名を呼んだ。

「神代さっ、神代さんっ」

「芳」

キスが顔中に振り注がれ、それだけで未知の感覚に怯えていた気持ちがすっと軽くなる。

その後指の数が増え、きつく閉ざしていたはずの蕾が卑猥な音を立てながら飲み込んでいっても、芳は絶えることのないキスに応えることで意識を無理矢理逸らした。

「ひゃぅっ」

それがどのくらい続いただろうか。身体の中いっぱいに支配していたものが唐突に引き抜かれ、代わりに熱くて硬いものが押し当てられた時も、芳は神代のキスにただ溺れていた。

「力を抜いて」

キスが解かれ、唇が触れ合うほどに近くて囁かれた言葉の意味を考える前に、

「！」

めりっと引き裂かれるような感触と共に熱塊が押し入ってきた瞬間、芳はしがみ付いた神代の肩を噛んでいた。

「……っ」

息をのむ気配がしたが、身体の中に侵入してくるものは引き抜かれることなく奥へと進んでくる。

（く、苦し……っ）

痛みはもちろんのこと、喉を突いて出そうなほどの存在感に芳はきつく目を閉じた。

神代のものを見なくて良かった。もしも見ていたら、きっと泣いていたと思う。感覚だけでもこんなにも大きくて熱いのだ。

「あ……っ、あっ、や……っ」

ずるっと、みっちりと締め付ける内壁を強引に押し広げながら入ってくるものがいつ止まってくれるのかわからないまま、芳は声を上げ続ける。苦しくて、痛い――はずなのに、そこに分け入ってくる感覚の中に気持ち良さが混じってきていることに芳はまだ自覚がない。

だが、あげ続ける声の中に甘さが混じり、中のものを締めつける内壁が柔らかく蠢きはじめたことを神代は直に感じたのか、いったん押し入ってくる動きを止め、そこから腰を引いてしまった。

「あんっ！」

ずるっとペニスの先端で内壁を擦られる感触に声を上げると、直ぐにまた挿入される。中に押し入り、引き出して。その動きを徐々に繰り返されていくと、無意識のうちに芳の腰は揺れ始めた。

「芳、芳」

「あんっ、あぅっ」

痛みを逃がすためにしていたはずの動きが、次第に自らも快楽を貪るかのように動かし始めているのに芳は気づかない。抱え上げていたはずの足から手を離し、しっかりと腰を掴んで抽送を繰り返す神代が、上半身を折ってキスをしてきたので息ができない。

「ん～、んぅっ」

舌を絡め取られ、唾液を注がれて、それを飲み込む動きに下肢まで反応した。とっくに痛みは麻痺して、今芳が感じているのは圧迫感と、断続的に与えられる快感だけだ。

「やっ、かっ、かみっ、神代、さっ」

必死に神代の名前を呼びながら、芳は涙で霞《かす》む視界に男の姿を捕える。自分を抱いているのが神代だと確認し、嬉しくてまた涙が流れた。

「芳っ」

感極まったように名前を呼ばれ、強く腰を引き寄せられた。同時に、最奥に熱い飛沫《しぶき》を感じ、神代が射精したことを身体で確認する。

(これで、俺……っ)

「お……れ、神代さんの、もの、だよね？」

確認するように言えば、まだ中にペニスを入れたままの彼が嬉しそうに笑んだ。

「ああ。芳は私のものだ」

「……う、んっ」

問題が解決したわけではなかったが、身体の中に神代のものを受け入れたことで勇気を貰った気がする。好きでもない相手を受け入れるなんて、ましてやその相手の子供を産むなんて、神代とセックスした後では考えられない。

安心したせいか身体からはすっかり力が抜け、少し気持ちも落ち着いた。まだ身体の熱は残っているし呼吸も荒いが、それでも変な達成感で満ちていた。

（でも……）

射精し、引き出されると思った神代のものは、いまだ芳の身体の中にある。いや、先ほどからさらにも増して存在感を示すものに、芳は戸惑いを覚えてしまった。

「あの……」

「私も落ち着いた」

「う……ん」

「今からはじっくりと味わわせてもらうぞ」

「え……」

何がと聞き返す唇をキスで塞がれると同時に、ゆっくりと神代が腰を動かし始める。中で吐き出したものが潤滑材になっているのか、動きもずっと滑《なめ》らかだ。

「尻尾も触らせてくれ」

「ま、待って、俺っ」

一度のセックスで身体は疲れ切っているのに、神代の手にペニスを扱かれると情けないくらいに感じた声を上げてしまう。

セックスは一度で終わるものではない。

この夜、芳は身にしみて思い知った。

第四章

「う……」

（い……たい……）

寝返りをうとうとした芳《かおる》は、下肢に響いた鈍痛《どんつう》に動きを止めた。

どうしてとぼんやりと思っていると唐突に記憶は蘇《よみがえ》り、猛烈な羞恥に襲われてそのままシーツに顔を埋めた。

その拍子に、再び痛みが走る。

「いたぁ……」

昨夜、神代《かみしろ》とセックスした。

誰かと肌を合わせるのは初めてだったし、その相手が自分と同じ男だということも昨夜まで想像もしていなかった。

身体の隅々まで見られたし、体液の味も知った。痛みも気持ち良さも同時に味わった。

思った以上に自分がセックスを柔軟に受け入れたことに驚いたが、何より、普通の人間ではない自分をそのまま受け入れてもらったことが嬉しかった。

「……はぁ」

身体の隅々に愛された感触が残っている。自然と頬が緩む芳は、ふと首筋に手をやって気がついた。

(戻ってる……)

愛撫を施されているうちに変化した身体。耳や尻尾、首筋の毛も、今はもう完全に消えている。考えてもどういうきっかけで現れたのかはっきりわからないが、日常生活に支障が出ない方が良い。

「あ」

その時、寝室のドアが開いて神代が入ってきた。

既に部屋着に着替えていた彼は、芳が起きているのを見て優しく目を細める。

(うわ……)

今までも芳に対して優しかったが、セックスしたからだろうか、今まで以上に神代の視線が甘い気がして、芳は恥ずかしくてまともに視線も合わせられない。

「おはよう」

「お、おはよう、ございます」

挨拶を交わして初めて、もう夜が明けたのだと知った。

「身体は？　痛むか？」

「だ、大丈夫ですっ」

まさか、あらぬところが痛むなんて言えずに慌てて答えたが、そんな芳の強がりなど神代にはお見通しらしい。ベッドに腰掛けた彼は芳の髪を宥《なだ》めるように撫でてくれた。

セックスをして、神代のものになれた喜びは大きかったが、こんなふうに何気《なにげ》なく触れてもらえるのも前から好きだった。もしかしたら既にその時には、芳は神代のことが好きだったのかもしれない。

今になってそんなことに気づく自分はかなり鈍感だが、それでもきっと幸せだから考えられるのだ。ふわふわした気持ちのまま神代にすり寄った芳は、

「少し、話してもいいか？」

改まった彼の口調に顔を上げた。

「君の家のことだが」

「あ……」

唐突に切り出され、芳の心臓はきゅっと締めつけられる。忘れていたかった現実を面前

に突きつけられてしまったようで、身体も自然に強張った。

「落ち着きなさい」

そんな芳に、神代は優しく言葉を掛けてくれる。蘇った恐怖や不安と拮抗《きっこう》する彼への信頼に、芳は自分がどんな顔をしているのかもわからなかった。

「仮に、君の一族の目的が純血ではなくて、君が子供を産むこと自体だとしたら、このまま放っておいてくれるとは思えない」

「そんな……」

芳は咄嗟に否定しようとしたが、不意に頭の中に過《よぎ》った言葉があった。

『お前の身体は既に俺の子を孕《はら》む準備はできている。何人でも産んで、獅子族の血が絶えないようにしないとな』

獅堂は確かにそう言った。あの時は獅堂に迫られた恐怖と両親に騙された悲しみの方が大きかったが、落ち着いて考えれば自分の身体はあの変な茶によって作り変えられてしまったはずなのだ。

本当に子供ができるかどうかはわからない。それでも、両親や獅堂が信じていれば、必ず何らかの接触はあるはずだ。

「このまま君をここに置いておきたいが、きっと早いうちに私のことは知られてしまうだろう。大学生といっても芳はまだ未成年だし、親御《おやご》さんが出てくるとどうしても私の方が弱い」

「神代さん……」

もしも神代から引き離されてしまったら自分はどうなるのだろう。想像したくなくて硬く目を閉じると、さらに強く肩を抱き寄せられた。

「ほら、可能性の話をしただけでそんな顔をする芳を私が手放すはずがないだろう？　それでも、一度はちゃんと会って話さないといけない。わかるな？」

「……」

芳は頷くしかなかった。神代と一緒にいたいが、彼に迷惑を掛けることだけは嫌だ。

「芳」

彼が言うように、もしも獅堂が諦めてくれなかったら、次は神代にまで危害が加えられる可能性もあるのだ。

神代に何かされたら、それこそ芳は後悔してもしきれない。彼のことを思えば、初めてのセックスを神代とできたことを思い出に離れた方が――。

「芳」

強く名前を呼ばれ、頬に手を添えられて顔を上げる。

「私は芳を離さない。これだけは信じてほしい」

「……でも……」

「一緒にいられる方法はいくらだってある。ただ、できるだけ穏便《おんびん》にした方が、芳が傷つかないだろうと思っただけだ」

きっぱりと言い切る神代を、芳はただ見つめるしかない。すると、軽くキスをされ、髪を撫でられた。

「せっかく手に入れたんだ、手放すはずがない」

「神代さん」

「芳も、私のことを想ってくれているのなら気持ちをしっかり持ってくれ。大丈夫、すべて芳の良い方へと話を進めるから」

信じてもいいのだろうか。

胸の中にある不安を完全に消すことはできないが、それでも力強い神代の言葉は信じたいと思わせる。

「愛している、芳」

「……俺、も」

思いを伝え合い、もう一度キスをする。しっかりと抱きしめてくれる神代の背に、芳も縋るように抱きついた。


午前中はベッドの中から起き上がれなかった芳も、昼過ぎになると少し楽になった。そうなると、家のことが気になってしかたがない。

（家に帰ってるのかな）

当然、芳が逃げ出したことは両親も知っているはずだ。結局一族を裏切ってしまった形になったので、その立場は微妙になっただろう。

ただ、それで諦めてくれたと楽観はできなかった。

携帯電話も財布も本家に置いてきたせいで、両親が芳に連絡する手段はない。神代の存在も名前は時々出していたが、このマンションの存在を知るはずもないだろう。

芳から自宅か本家に電話をすればその後のことがわかるかもしれないが、味方がいないとわかってしまってはなかなか動けなかった。

「芳」

落ち着かない芳の様子を見ていた神代が、苦笑しながら車のキーを取る。

「行こうか」

「で、でもっ」

気になるが、怖い。複雑な思いになかなか一歩足を踏み出せないでいると、神代は芳の腰を抱くようにして歩くのを促した。

「早いか遅いか。じっとしていてもしかたがないだろう？」

「……」

確かにその通りだ。後回しにしたところで、結局逃げることはできない。

逃げ出したい気持ちを堪え、芳は神代の車に乗り自宅へ向かった。

見慣れた景色を窓から見ていても、まったく気持ちは晴れない。

両親がどういうつもりで自分を獅堂に差し出そうとしたのか。

妊娠できるように身体を作りかえるために茶を飲ませたと言うが、男の芳が子供を産めると本当に信じたのか。

平凡でも仲が良かった両親との関係が音を立てて崩れてしまうのは怖い。せめて、「間違っていた」と謝ってくれたら、少しは気持ちも休まるのだが。

「そろそろだな」

神代の言葉に我に返って視線を向けると、数十メートル先の自宅が見えた。車庫に車は、ある。

「か、帰ってる」

芳は思わず神代の腕を掴んだ。

「車、ありますっ」

「そうみたいだな」

「ど、どうし……」

「ここまで来て引き返すつもりはないぞ」

きっぱりと言い切った神代はそのまま車を走らせ、自宅の前に止まった。車庫の中には確かに父の車がある。

「芳」

怖い。本当ならこのまま逃げ出したくてたまらなかったが、神代に促されると車から出るしかなかった。

「大丈夫」

身を屈《かが》めた神代に頬にキスされ、芳は僅かに頷くとぎこちない足取りで門をくぐる。家の鍵は持っていないのでインターホンを鳴らすと、直ぐにドアが開かれた。

「芳っ、お前！」

先に出てきた父は、怖い顔をして怒鳴りながら芳の身体を掴もうと手を伸ばしてくる。それをスローモーションの動きのように見ていた芳は、後ろから腰を引かれて反射的に振り向いた。

「初めまして」

しっかりと芳を抱きしめてくれながら、神代は落ち着いた声で話しかける。そこに芳以外の存在がいることを初めて知ったらしい父は、動揺したように数歩後ずさった。

「あ、き、君は？」

どう見ても芳の同級生には見えない神代に疑問をぶつける父。神代は口元に笑みさえ湛えながら自己紹介をした。

「神代斎《いつき》といいます。芳君とは親しくお付き合いさせていただいています」

「し、親しくって……」

父は芳と神代の顔を忙しなく見ている。どんな想像をしているのかはわからないが、それでも予想外の事態になったと思ったのだろう。

「とにかく、中に入りなさい。ここでは話ができない」

「で、でも」

「はい。行こう、芳」

どんどん進む話に芳は不安が募《つの》るが、それでも込み入った話を玄関先でするわけにはいかない。家の中に神代を入れたりすれば、彼がどんなに責められるか想像もついたが、それでも肩を抱いてくれる手を離せなかった。

たった一日留守にしただけだというのに、まるで余所《よそ》の家のような気がする。それが自分の気持ちのせいかと思いながら廊下を歩いていくと、

「！」

リビングには母だけでなく、獅堂の姿もあった。

「神代さんっ、逃げて！」

獅堂が神代に危害を加えるかもしれない。咄嗟に思ったのはそれで、芳は神代の身体をリビングから押し出そうとした。しかし、しっかりと芳の身体を抱き込んだ神代の足はその場から動かない。

「芳、彼が？」

話に聞いた男かと尋ねられ、芳は何度も頷く。だから、早く逃げてほしい。

獅堂はソファに座ったまま、じっと芳を見ている。その眉間に皺が寄るのを見て、両親が焦《あせ》ったように芳を叱《しか》った。

「芳、一《はじめ》さまの前で何をしているんだっ」

「芳、昨夜のことを謝りなさい。一《はじめ》さまは優しい方よ、きっと許してくださるわ」

「父さん……母さん……」

かき口説く両親の言葉に首を振り、芳は必死に訴えた。

「花嫁なんてっ、そんなの俺、受け入れるはずないだろっ。父さんも母さんも、しっかりしてくれよっ」

叫ぶように懇願しても、両親の顔は困ったことを言うというような困惑顔だ。

自分の気持ちは伝わらない。それを思い知り、芳の目からはポロポロと涙が零れた。

「一《はじめ》さま、芳は必ず説得します。どうかもう少し時間を……」

「黙れ」

父の言葉を遮《さえぎ》り、いきなり立ち上がった獅堂が芳に向かって歩いてきた。硬直してしまう芳を後ろに庇《かば》い、神代が向き合う。

長身の男が二人、互いを見据えて黙り込む姿は見ているだけでも怖かったが、本来これは芳の問題で、自分で解決をしなければならないことだ。

これ以上神代に迷惑を掛けることはできない。

芳が神代の腕に抱きつくようにして獅堂と引き離そうとした時、獅堂の手が伸びて神代のシャツを掴んだ。身長は同じくらいに見えても、獅堂の方が体格は良い。獅子族の当主なのだから当たり前かもしれないが、このまま締めつけられると神代が窒息《ちっそく》してしまう。

「離せっ」

獅堂の腕に手を伸ばした芳は次の瞬間怖いほど綺麗に輝く金の瞳に射すくめられ、身体が動かなくなってしまった。

そんな男をしばらく見据えた後、獅堂は荒々しい気配を消さないまま口の中で舌打ちをする。

聞こえた芳は肩を震わせた。

「この男に抱かれたな」

「な……っ」

きっぱりと言い切られて動揺すると、その様子に両親が慌て始める。

「芳っ、お前本当にこの人間とっ？」

しかし、それは男同士の関係に驚愕したというより、芳が誰かに、多分獅堂以外に抱かれたことの方が大きな問題のように聞こえた。

そんなにも獅堂を阿《おもね》っているということが信じられない。

「……どうしてわかった？」

否定することなく神代が聞き返すと、獅堂の口元が歪《ゆが》んだ。

「孕《はら》んでいる」

「なに？」

「……ここまで待っていたというのに……っ」

「な、何のことですか？」

獅堂の言葉の意味がわからずに聞き返す芳とは違い、神代はハッとしたように振りかえって芳の身体を見る。二人の男に挟まれるようにして見下ろされ、芳は無意識のうちに後ずさった。

「お前の身体は子を宿す準備ができていた。本来なら昨夜、俺の子を孕むはずだったが」

「私が芳を抱いた」

「か、神代さんっ」

始めは両親の前できっぱりとセックスしたことを言い切られて動揺してしまったが、やがて二人の会話の意味がじわりと胸に圧《の》し掛かってくる。

獅堂は何と言った？

「孕んで……って、まさか……」

自身の身体を見下ろしても、一見《いっけん》して何の変化もない。だいたい、昨夜セックスしたばかりで子供ができたことがわかるなんて考えられない。

だが、普通の人間ではない自分の血のこと、秘伝の茶で身体を作り変えたと言った母の言葉。色々と合わせて考えると、絶対にありえないことではないかもしれないと思ってしまう。

（で、でもっ）

神代を見上げ、芳は何度も首を横に振った。自分たちのように獣《けもの》の血が流れているのならまだしも、神代は人間だ。その彼の子供を、自分はこの腹の中に抱いているというのだろうか。

「す、直ぐに何とかしますっ」

両親は青ざめた顔をして獅堂に頭を下げるが、忌々《いまいま》しそうに神代の服から手を離した男は芳から視線を逸らさないまま言った。

「無理をして、身体を壊したらどうするんだ」

「し、しかしっ、この子は一《はじめ》さまの子を宿すためにっ」

「……忌々しいが、ようやく俺の子を産める雌《めす》が現れたんだ。妊娠の実績ができたと思うしかないだろう」

吐き捨てるように言った言葉が男の本心ではないとわかるが、それでもこのまま芳や神代をどうこうするつもりはないらしいことは感じた。

「芳」

「……！」

獅堂が呼ぶ声には、何とも言えない熱がある。まだ二回しか会っていないというのに、まるで芳の何もかもを知っているかのような、いや、所有しようとしている支配者のような雰囲気だ。

怖いのに、逃げることは許されない。視線を逸らすこともできずにいる芳にずっと顔を近づけてくると、獅堂は口角を上げて笑う。唇の端から牙が覗いた気がした。

唐突に伸びてきた手に顎を掴まれる。

「お前は俺のものだ。逃げられると思うな」

「芳っ」

まるで呪わしい言葉だ。

獅堂が身を引くと同時に足から力が抜けてしまい、その場に倒れ込みそうになった芳は神代に抱きとめられる。

「帰るぞ」

「申し訳ありませんっ」

獅堂はそのままリビングを出て行き、その後を父が慌てて追っている。

その場に残された芳は、戸惑ったように自分を見る母を見た。

「母さん、俺……」

「芳……」

腹に手を置いている自分がいる。妊娠したなんて信じられないのに、それでも倒れそうになって無意識に腹を庇《かば》ってしまった。

本当に、自分は妊娠しているのだろうか。それを言葉にして尋ねることができない。

「……これからのことを相談しないといけないわ」

呟《つぶや》いた母は、芳にではなく神代に向かって言った。

「申し訳ないけれど、明日もう一度来てもらえますか？　芳は……」

「私の家に連れていきます。明日、改めて」

「……そうね、そうしてもらえると助かります」

「母さん」

「ごめんね、芳。母さんも、どうしていいのかわからないわ」

心許《こころもと》ない呟きに、それでもどうしてと責めることはできなかった。いや、その前に芳の気持ちが持たない。

「芳、帰ろう」

(……どこに？)

芳の家はここなのに、もう戻ることはできないのだろうか。

それを考えると、止まっていたはずの涙が再び溢れてきてしまった。

＊　＊　＊

車中でもずっと、芳は黙ったままだった。顔色も悪く、飲み物を進めても口にしない。本来なら放っておいてやる方が良いのだろうが、今の芳を一人にすることなどできなかった。

『孕んでいる』

あの男の言葉が重い。昨日の今日で妊娠がわかるはずがないと思うのに、不思議とそれが真実だと受け入れられた。

(私の子供、か)

結婚願望はなかった。自分の子供を可愛がることができるか自信がなかったし、何より子供を産んでほしいと思うような女に出会ってこなかった。

十歳も年の離れた芳のことが気になり、好きになって、どうしても自分のものにしたいと思っても、そこに二人の子供のことなど考えもしなかった。当たり前だ、男が妊娠できるとは普通考えない。

だが、実際に芳を抱いて、愛《いと》しいという思いが溢れ出ている今、子供ができたのなら受け入れられると思っている。芳が産んでくれる自分の子供なら、きっと愛せる。

「芳」

ソファに座り、腹に手を置いてじっと俯《うつむ》いている芳の前に跪《ひざまず》き、神代もその上に自身の手を重ねた。

「芳」

「……」

ようやく、視線が合った。

「子供」

「……っ」

その言葉に芳の肩が揺れ、泣きそうに顔が歪《ゆが》む。芳の中で最悪の状況を想像していることがそれだけでもわかったからこそ、神代はしっかりと視線を逸らさずに言いきった。

「産んでくれないか？」

「！」

芳が大きく目を見開く。まさか、そんなことを言われるとは想像していなかったのだろうか。

（どれだけ冷たい人間だと思われているんだ）

芳のことを好きだと告げた。だからこそ、芳の中に息づいている子供のことも大事に思っていると、どうして考えてくれないのか。

「でも、でも、神代さん、俺っ、俺、男なのに……っ」

十八まで男として生きてきた芳が、突然母親になると言われてすぐに納得できるはずがない。それでも。

「それでも、本当にここに子供がいるなら、産んでほしい」

これから起こる様々な問題や芳の負担を考えても、軽々しく産んでほしいと言う方が無責任だ。だが、最愛の相手との間に自分の子供ができた奇跡を、簡単に手放すことも考えられない。

セックスをして、芳を自分のものにできたと思っていた。それが、さらなる重しとして子供を産ませることができたなら。

酷い父親かもしれない。しかし、神代の一番はやはり芳だ。

「大学のことも、これからの生活のことも、二人で考えていこう。芳の方の負担が大きいこともわかっている。でも、私はこの奇跡に感謝したい」

座っている芳の腰を抱きしめ、腹に耳を当てる。心音が聞こえるはずがないのに、もう父親の気分だ。

「芳」

「……俺……俺、怖くて……」

「ああ」

「でも……本当に、ここにいるのなら……」

微《かす》かな声で、産むしかないと言う芳に、神代はありがとうと囁いた。

今は芳も昂奮しているはずで、落ち着いて考えた時に今の選択を後悔することがあるかもしれない。

もちろんその時は芳の気持ちを優先するが、できる限り後悔することがないように支え、守る。

それから、眠れないと言う芳と一緒にベッドに横になり、神代は様々な話をした。

実際にこれから大変になるのは芳なので、一つ一つ、芳が不安に思っていることを話させ、それに対する自分の行動を告げる。

先《ま》ずは、本当に妊娠をしているのかどうか確かめるのが先で、これは大学時代の友人のツテを頼るつもりだ。個人病院なので何とかなる。

本当に妊娠しているとして、臨月《りんげつ》までの期間や、実際に出産する時。戸籍のことだって考えなければならない。

「……なんか、空想の話みたい」

芳がぼんやりと言うのに神代も笑う。

「そうだな」

獣人《じゅうじん》の血を引く子供は、いったいどんな姿で生まれてくるのだろうか。昨夜の芳のように耳や尻尾がついているのだとしたら……可愛い。

そうなのだ。大変なことばかりではない。それ以上に楽しみが増えると思えば、我が子のために父親としてできる限りのことをしてやるつもりだ。

「私も父親か」

「……ごめんなさい」

「どうして謝るんだ？」

「だって……こんなことに巻き込んで……」

芳は自身の血のことを後ろめたく思っているようだが、見方を変えれば芳が獣人だったからこそ、神代との子供を身籠《みごも》ることができるのだ。

「私は嬉しいよ」

「神代さん……」

「芳と、家族になれる」

熱い身体を抱き寄せて言えば、芳がしがみ付いてくる。

正直に言えばまだ実感はわかないが、それでも神代は手の中にある幸せを逃すつもりはなかった。

＊　＊　＊

一夜明けると、昨日とはうって変わり両親は落ち着いていた。

「身体は大丈夫なの？」

心配そうに声を掛けてくれる母もいつもと変わりないし、父も昨日は悪かったと謝ってくれた。

一昨日から昨日にかけての出来事はすべて夢だったのではないかと思うほどだったが、リビングで神代と並んでソファに座り、向かい合った両親の顔を見ると、やはりいつもとは違うのだということを肌で感じた。

「神代さん、でしたか」

「はい」

「二日間、芳がお世話になりました」

頭を下げる父をじっと見つめていると、神代はすぐに頭を上げてくださいと言う。

「私も、どさくさに紛《まぎ》れて挨拶をすることになってしまいましたが、芳君とのことをきちんとお伝えしようと思っています」

誤魔化すことなく切り出す神代に、父の表情も硬くなった。

「……昨日も聞きましたが、あなたは本当に芳と……」

「未成年の芳君と関係を持ってしまったことは褒められることではありませんが、芳君とのことを真剣に考えています」

頭を下げる神代の横顔をじっと見つめ、芳は泣きそうになるのを我慢した。

「芳君の血のことも聞いています。ですが、私の気持ちにはなんの影響もありません。それに」

神代は芳を見下ろす。

「芳君のお腹に私の子供がいるのなら産んでほしいですし、彼ともども絶対に幸せにします」

「神代さん……」

両親にもはっきりと伝えてくれたことが嬉しくて、芳は自分の中の不安がかなり消えたのがわかった。神代のことを信じていたつもりだが、それが今ようやく本当に形となって見えた気がしたのだ。

神代と一緒なら、この信じられない現実とも向き合える。

深い息をついた芳は、隣に座る神代の手に自身の手を重ねた。すぐに強く握り返され、神代に自分の気持ちが伝わったのがわかった。

後は、両親がどう考えるかだ。あれだけ獅堂とくっつけようとしていた両親が、簡単に神代との関係を認めてくれるとは思わない。もしかしたら、神代を訴えると言いだすのではないか。

そんなことになったら、芳はどんなことをしても神代を庇《かば》うつもりだった。

しかし。

「……芳、お前は本当に良いのか？」

「え？」

父は文句を言うのではなく、芳に確認するように言葉を掛けてきた。

「その人の子供を産むつもりか？」

「父さん……」

「お前に黙って事を進めたことは謝る。だが、私たちは獅子族《ししぞく》という特別な血を持つ一族だ。その中でなら、たとえお前が男だとしても、きちんと出産までのサポートもできたし、生まれた子供も大切に育てられたはずだ。だが、その人が相手では違う。人間の子供を男のお前が産んだとして、ちゃんと育てられるのか？」

頭ごなしに否定するのではなく、こんこんと諭《さと》されるように言われると、心の中に残っていた不安が僅かに膨らむ。神代を好きだという気持ちだけで、本当に大丈夫なのかと考える。

「芳」

「……っ」

芳の動揺を悟った神代が、力づけるように握る手にさらに力を込めてきた。揺れる思いを抱いたまま、芳は縋るように神代を見つめた。

「大丈夫だ」

「神代さん」

「芳も子供も、絶対に私が守る。そう約束しただろう？」

「……うん」

昨日からずっと伝え続けてくれた言葉。それを念を押すように告げられ、芳は頷く。父の言葉一つで気持ちが揺れてしまうのは、多分自分の身に起こったことをまだちゃんと受け止めきれていないからだと思うが、それでも……神代を信じると決めたのだ。

「父さん」

「ん？」

父は芳の気持ちが変わるのを期待しているのか、ことさら優しげに聞き返してくる。芳の心は決まった。

「俺、神代さんを信じる。もしも、本当に妊娠していたとしたら、ちゃんと産んでやりたい」

そのために自分の身体がどうなるか想像できないが、これ以上考えてもわからないことは考えないようにする。

父は芳を見、その次に神代を見て、最後に母を振りかえった。

「……しかたがないな」

「ええ」

二人は顔を見合わせて頷き、父が神代に向かって言った。

「とにかく、今は無事に出産することだけを考えよう。話はその後だ」

「父さん、話って俺はもう言ったよ？　俺は神代さんのことが好きだし、この人の子供だからっ」

「気持ちは変わる。だが、今からそう決めつけないでも良いだろう」

言葉のニュアンスの中には、芳が子供を産むことは認めても、神代との関係はまた違う問題だとでもいうようだ。芳にとってはその二つは同じ重さの問題なのにと思うと、わかってくれない両親に悲しくなる。

「ありがとうございます」

それでも、神代はきちんと頭を下げてくれた。

「守ると言いましたが、私にとってもこの妊娠は初めての経験です。わかっていることがあれば教えてもらえませんか？」

すると、母が立ちあがってキッチンから一冊のノートを持ってくる。

それを開き、いくつかページをめくりながら説明してくれたのは、過去に獅子族の男が出産した時の様子だ。身体を変化させた者の妊娠期間は三カ月ほどで、子供は生まれる時は人間の赤ん坊と変わらないらしい。

ただし、その身長は平均して十五センチ、体重は一キロに満たないと聞き、そのあまりの小ささに芳は思わず腹を見つめた。

「そんなに小さくて大丈夫なの？」

「獅子族の血は生命力が強いから。でも、今まで男性体が子供を産んだのは数えるほどしかなくて、その資料もあまり残っていないの。だから、妊娠期間も子供の大きさも、これが正しいというわけではないそうよ」

一キロでも結構な大きさだ。そんな大きさのものを身体の中から出すなんて、身が切り裂かれてもおかしく――――。

そこまで考えて、芳は唐突に根本的な問題に気づいた。

「……どこから？」

「え？」

「子供、どこから生まれるわけ？　……まさか……」

（お尻、とか？）

神代とのセックスで使ったのは尻だし、大体男の身体に出産できる穴はない。だが、尻から一キロもの子供を産むなんて信じられなかった。

「出産が近くなると、睾丸《こうがん》と肛門《こうもん》の間に穴ができるの。そこから出産するのよ」

「あ、穴って、そんなのできるの？」

「身体がそう変化しているの。出産時にだけ開くらしいから、子供を産めばすぐに閉じられるわ」

　母親に、男の自分が出産の説明を受ける。傍《はた》から見れば珍妙《ちんみょう》だろうが、芳も母も真剣だ。変な話だが、子を産む者としての共通の思いが生まれたのかもしれない。

「一族の中に医者はいるし、子供の戸籍のことも手配できるそうよ。一《はじめ》さまがすべて手配してくださったの」

「獅堂さんが？」

「一族の当主として、新たな命を守る義務があるとおっしゃって。本当に素晴らしい方なのよ」

　すぐ隣に神代がいるというのに、母はまるで見合いを勧めるかのように獅堂のことを褒め称《たた》える。今の芳がそんなことを受け入れられるはずがないとわかっているはずなのに、諦めた様子はない。

「多分、生まれてくるのは人間だろうけど」

　母の視線が神代に向けられる。

「私にとっては初孫ね」

　そう言って苦笑され、芳は曖昧《あいまい》に笑うしかなかった。

　その後に、両親は芳に家に戻ってくるように言った。身体のことも含め、すべてのサポートができるのは自分たちだからと。

だが、それは神代がはっきりと断った。

「家族は一緒にいた方が良いと思いますので。ですが、わからないことがあれば聞きに来させてください」

下手《したて》に出る神代に両親もかなり気持ちを緩めたらしく、最後には笑みまで浮かべていた。

「いつでも来てくださいね」

「ごめんなさい、神代さん。両親が変なことを言って」

当面の身の回りのものをまとめて再び車に乗った時に謝ると、彼は苦笑しながら芳の髪を撫でてくれる。

「私たちは知らないことばかりなんだ。無事に出産するためなら、頭を下げることなんてなんでもない」

「……」

（……諦めていないんだな……）

両親はきっと、芳に獅堂の子供を産ませたいのだ。

無事に子供を産んだ時、自分はどうなるのだろう。

想像しない方がいいとわかっていたが、芳は考えずにはいられなかった。

第五章

流されるまま、神代との同居生活は始まった。

「おはよう」

「おはようございます」

同じベッドで眠り、同じ時間に目覚める。

朝一番に大好きな人の顔を見ることができる幸せに浸りながらも、芳の神経はいつも張り詰めていた。

神代とセックスをしてから一週間。同時に、妊娠がわかって一週間だ。

今日はいよいよ正式な検査をするので大学は休むことにした。すると、いつの間にか神代も有給休暇を取ってくれていたらしい。

「気分は？」

「大丈夫です」

毎朝確認するように問いかけてくる神代はかなりの心配性だ。

今日検査してくれるのは両親が言っていた獅子族の医者ではなく、神代の大学時代の友人の病院だった。神代の友人に下肢を見られてしまうことに猛烈な羞恥を感じるものの、彼が絶対に信頼できる相手だからと言うので頷いた。

「……大きくないな」

「まだですよ」

腹は平《たい》らなまま、つわりのような気分が悪いという症状もない。本当に、「孕んだ」と言った獅堂の言葉がなければ、妊娠したなどと絶対に思えないくらいだ。

「行こうか」

「はい」

最上階の部屋から地下駐車場までエレベーターに乗る時も、そこから車に向かう時も、神代はしっかり芳の手を握って歩く。

「……」

「ん？」

じっと見ていたことに気づいたらしい神代が促したので、芳は密《ひそ》かに思っていたことを口にした。

「神代さんって……心配性ですよね」

「え？」

驚いたということは、本人に自覚がないのだ。それも凄いなと思いながら芳は続けた。

「すごく気づかってくれるし、優しいし」

今までだってそうだったが、特にそう感じてしまうのは気のせいではないはずだ。芳の指摘に、神代もようやく思い当たったのか苦笑を零した。

「すごいな」

「え？」

「自分がこんなふうになるなんて考えもしなかった」

車を走らせながら、神代は自分のことを話してくれる。

住んでいるマンションや身の回りのものを見ても裕福だということはわかっていたし、きっと給料が良いのだろうと考えていたが、どうやら元々の生家《せいか》がかなりの金持ちらしい。欲しい物はなんでも買ってもらえたらしいが、両親ともに仕事人間で、放任主義のせいか家族団らんというものを味わったことがないそうだ。

「それでも、両親には愛されているとわかっているし、元々の性格だろうな、寂しいとも感じなかった」

そんな神代がここまで親密になった相手が芳しかいないと言われたら、嬉しくなってしまうのも当然だ。

「それこそ、結婚も孫もせかされたことはないが、一度に可愛いパートナーと子供を紹介したらさすがに驚くだろうな」

「え……」

まさか、神代の両親に自分たちのことを伝えるのだろうか。それは考えていなくて、芳は少し動揺してしまった。

「芳？」

「……だって、こんなの、普通じゃないのに……」

受け入れてくれる神代が稀有《けう》な存在であって、普通なら自分のような存在は化け物と言われても反論できない。

神代の両親だって受け入れてくれるかどうか……不安に揺れる芳に、神代は伝えてくれる。

「私は芳の存在を隠すつもりはない。もちろん、子供のことも」

「……」

「大丈夫。きっと喜んでくれるよ」

本当に……？　そう聞き返そうとしてやめた。そうでなくても思考がマイナスの方へ行きがちな自分をいつも宥めてくれるのに、これ以上心配はかけたくない。

一時間近く車で走り、郊外の、想像より大きな病院の前に着いた。

「ここだ」

すぐ前の駐車場に車を停めた時、これほど大きな病院なのに他の車がないことが不思議に思えた。平日の午後なら、きっと患者でいっぱいのはずだ。

「今日は午後から休診なんだ。そこに入れてもらった」

「わざわざ開けてくれたんですか？」

「どうせ休んでも遊んでいる奴だ」

神代の声が妙に楽しげで、今から会う彼の友人がとても親しい関係なのではないかと思えた。これほど神代が心を許している相手なら、きっとすべてを任せても大丈夫だ。

カーテンが閉まった玄関先に向かうと、まるでタイミングをはかったかのようにそれが開かれ、一人の男が姿を現す。神代と同じ年頃の、しかし彼よりもがっちりとした体格で、短く刈り上げた髪のせいか厳つく見えた。

「よお」

「悪いな」

神代が言うと、男はバシバシと音を立てながら神代の肩を叩いた。

「昔レポートで世話になったからな。これくらいお安い御用《ごよう》だ」

そして、男はすっと芳に視線を向けてくる。慌てて頭を下げると、しばらくして僅《わず》かに掠《かす》れた声がした。

「な……んだ、この子」

「どうした？」

「いや……すげぇ、ソソルから」

「！」

男がそう言った途端、芳は慌てて神代の背に隠れる。その態度に、男も我に返ったようだ。

「いや、悪い。なんか、急に欲情しちゃってさ」

「よ、欲情？」

「本条」

「だから、医者モードになったら大丈夫だって。こんな魅力的な子だって説明してなかったじゃないか」

ぶつぶつと言い訳しながら背中を向ける男を見て、芳は小さな溜め息をついた。

これがしかたがない反応だとわかっていても、やはり構えて、怯えてしまうのだ。

（副作用、まだ続くのか……）

『あの薬には副作用がある。確実に、一番強い雄《おす》の子を産むために、手当たりしだい男を引き寄せるようになるんだ』

その説明は神代にもしたし、妙に男に追われることになった原因がわかって一方では安堵したが、いつまでこの効果があるのかと考えるだけで気が重い。そうでなくても妊娠、出産という未知の経験をするのだ、これ以上他のことを気にしたくなかった。

神代も友人の反応が副作用のためとわかっているので、あまり気分を害してはいないようだ。自分の存在で仲違《なかたが》いなどして欲しくない芳は、できる限り神代から離れないことを決意した。

「こっちだ」

診察室があるらしい一階は静まり返っていて人の気配はない。

「産科に休みはないんだが、今日は幸運にも出産予定がなくてな。ホント、ラッキーだぜ」

「あ、ありがとうございます」

他の妊婦にはさすがに会いたくないので男の言葉に安堵した芳だったが、案内された診察室の中で足が止まってしまった。

仰々《ぎょうぎょう》しい装置がどんなふうに使われるのかわからないが、それでもここに乗って……と、想像しただけで恥ずかしさに身を焼かれそうだ。

神代とセックスしたのは一度きり。彼の前でしか足を広げたことがないのに、初対面の相手にどんなふうに身体を弄《いじ》られるのか、考えるとどうしても足が進まなかった。

「芳」

神代も芳の気持ちを感じ取ってくれたらしい。芳に伝わるように、もう一度男に念を押してくれる。

「本条、電話でも話したが、これは本当にレアなケースだ。秘密は絶対に守ってくれるな？」

「当たり前だ。医者には守秘義務があるし、何より俺は絶対的に妊婦と赤ん坊の味方なんだ」

後半は神代というより、芳に向かって言ったのだろう、にっと笑うと厳《いか》つい表情が柔らかくなる。

「それに、今日は超音波だけでの検診だ。俺も色々と勉強して対策を練らないと、母体を傷つけることになったら大変だしな」

身体の中を触られるのではないと説明され、とりあえず芳はほっと安心した。いずれは覚悟しなければならないかもしれないが、今はまだ、神代以外の男に触れられることに抵抗が残っている。

「ここに寝て」

「は、はい」

「お腹出すぞ」

「はい」

半分寝そべる形で椅子に座り、服をめくられて腹を出される。その際、ズボンも下にさげられてしまった。

「冷たいけど、我慢な」

腹にたっぷりとジェルが塗られ、マッサージ機のようなものがそこに当てられた。

「ん～」

すぐ側のモニターには、初めて見る自分の内臓が映る。

「この辺りが、女性なら……あ」

何かを探るように動かされていた手が止まり、男――本条が食い入《く》るようにモニターを見た。

「あ、あの」

「……」

「本条」

「……いた」

「え？」

本条の指が、モニターのある場所を指し示す。そこには、言われなければわからないほどの小さな影が確かに映っていた。

（本当に……）

目に見える形で妊娠を知ると、何とも言えない気分だ。嬉しいとか、嘘だとか。様々な感情が混じり合い、強烈に頭の中に浮かんだのは、「本当にここに子供がいるんだ」という純粋な驚きだった。

「これ、か」

神代も、じっとモニターを見ている。その目がとても優しくて、芳はなんだか気恥ずかしい思いに囚《とら》われた。

神代との子供が確かにいる。そして、神代もその事実を喜んで受け止めてくれている。その奇跡のような幸せをじっと噛みしめていたかったが。

「いや～、本当に男か？　君は」

「ひゃっ」

まったく性的な意味でないだろうが、軽く下肢の膨らみに触られ、芳は思わず声を上げてしまう。すぐに神代がその手を引き剥《は》がしてくれたが、しっかりとペニスの形を確かめられてしまった。

「すごいな……大発見だ」

「……っ」

何度も感心したように言われると、自分のこの妊娠を誰かに口外《こうがい》する気なのかと勘繰《かんぐ》ってしまいそうになる。恥などとは思わないが、それでも不特定多数に知られて嬉しいものではない。

萎縮《いしゅく》して声も出ない芳の腹のジェルを素早く拭《ぬぐ》ってくれた神代が、服も整えてくれた後に本条に向き合った。

「悪かったな」

「いや、俺は」

「わざわざ内密に調べてもらったのに、もう一度念を押させてくれ。このことは絶対に内密にしてほしい」

「神代」

「約束してくれ」

公言すればどうするか。

まるで脅《おど》しにも取れるようなことを言ったのに、本条は突然声を上げて笑った。

「悪かった。さすがに興奮してしまったが、もちろん何も言うつもりはない。彼は俺の大切な患者だし、母体を危険に晒《さら》すようなことは絶対にしない」

そして、本条は芳にも笑いかけてきた。

「安心して俺に任せてくれ。どんな難産でも、母子共に絶対に助ける」

「……ありがとうございます」

神代の身体の後ろから頭を下げる芳を撫でようとしてくれたのか、再び伸びてきた手を掴んだのは神代だ。

「必要以上に触るな」

「やきもち焼きの旦那だな。嫉妬深いと嫌われるぞ、なあ？」

「え……」

ここは同意すべきところなのだろうか。

どんな神代でも好きな芳は、どう返事をしていいのか迷ってしまった。

両親に神代とのことを告白し、本当に妊娠していることを知って、神代の支えで産むと決めた芳は一人強く決心していた。

仮に、生まれる子供が人間にしろ、獣人にしろ、ちゃんと愛して育てていく。

その過程で神代に迷惑を掛けることがあったら、責任など取ってもらわなくても良いので彼を解放する。

まだ未成年で学生の自分にとっては重い決断だったが、それでも気持ちを決めたことによって芳は妙に開き直ることができた。

手始めに、自分の生活費を何とかしなければならないと思いたった。神代は当然のようにすべて自分が負担する気でいるらしいが、ただ甘えるのは心苦しい。

「ん〜……」

ソファに座り、手にした通帳を見て芳は唸《うな》る。元々あまり物欲がないせいで、小さなころから余った小遣いやお年玉は貯金していた。その額は三十万弱ある。親戚が多いので、貰う額も結構あった。

ただ、高校生になったらバイトをすると張り切っていたにもかかわらず、生活が乱れるからと許してもらえなかった。それは大学に入っても同じで、友人たちがバイト代を自身の小遣いにしているのを羨《うらや》ましく思いながらも、反対を押してまでとは思えなかった。

今から思えば、獣人の血を引く芳が一族以外の者と親しくなることを避けていたのかもしれないと思えるが、今さら気がついても遅い。

（生活費、送るって言われたけど……）

両親は芳が神代のもとで暮らすことに同意してくれた上、月々の生活費も出すと言っている。神代はやんわりと断っていたが、やはりそれを受けた方が良いような気もしていた。

「……バイトかぁ」

今からでも何かできれば良いが、妊娠している身ではあまりきつい仕事はできない。初めての経験だし、不安ばかりが大きい中で、芳はどうすれば一番良いのかと思い悩んだ。

考えなければいけないのは金のことだけではない。現状家事もほとんど神代に頼っていて、彼の負担ばかり大きくなってしまっている。

今さらながら、母に簡単な家事を習っておけば良かったと思ってもどうしようもない。

「あ」

どのくらい通帳を睨んでいただろうか。

インターホンの音がして、芳は慌てて立ち上がった。

モニターを確認すると、神代が玄関先に立っていて自分で鍵を開けている。出迎えるため、芳は玄関へと急いだ。

「お帰りなさいっ」

「ただいま」

芳の出迎えに、神代が目を細める。

「変わったことは？」

「ないですよ」

マンションに一人でいる時は、仮に宅配便でも、芳の両親でも、絶対に上げないようにと言われている。神代が帰宅した時は自分で鍵を開けると言うのだ。

いないのならともかく、マンションの部屋にいて出迎えもしないのは心苦しいが、神代が言うには余計な心配をしたくないとのことだった。

「ただいま」

神代は芳の額にキスした後、腹に軽く手を触れる。

「ただいま」

それは、腹の子に向かって言ってくれているのだ。気恥ずかしいが、三人で暮らしているようで嬉しかった。

外資系の証券会社で働いている神代はかなり成績が良いらしく、出勤時間もフレックスタイムを利用している。朝はゆっくりで、夜もあまり遅くならないうちに帰ってきてくれているので、一度自分のことは気にしないでほしいと告げたのだが、どうやら自宅でする仕事も重要とのことで、宥《なだ》められるとそれ以上は何も言えなくなってしまった。

「あの、夕飯は……」

「私が作るから少し待てるか？」

「俺も手伝います」

仕事ができるだけでなく家事全般も得意らしい神代は、帰宅早々忙しく夕食を作り始める。芳の仕事は野菜を洗うか、皿を用意することくらいだ。

並んでキッチンに立っていた芳は、先ほどまで考えていたことを思いきって口にしてみた。

「あの、明日から家事は俺がします」

「どうして？」

「どうしてって、俺、ここにきてから何もしてなくて甘えてばかりで……」

家事は得意ではないが、それでも掃除や洗濯くらいはできると告げた。

「料理は自信ないけど、せめて準備くらいはしておきますから」

「芳」

神代は手を止めて芳を見下ろしてきた。

「私は何も負担に思ってないぞ」

「でも、全部神代さんばかりが……」

「その代わり、芳には重要な役割があるだろう？」

「重要な役割？」

「無事に元気な子供を産むことだ。どんな負担があるのか私も考えつかないから、できるかぎり何もしてほしくないと思っている。これは私の我が儘なんだ」

（でも……）

それは芳自身も望んだことなので、神代が気にすることではない。

やはり、一方的に負担を掛けているのには違いなく、芳はそれを許容できない。

「何か、バイト……」

「駄目だ」

言ってはみたものの、本当にバイトができるかと言えば不安なのですぐに口を噤《つぐ》んだ。

（あんまり甘やかしてほしくないのに……）

このままでは何もかも神代に頼り、彼なしでは生きていけなくなってしまいそうで怖い。

ただ、それを口にするのも神代に対して悪いとも思うのだ。

（何か俺にできること……）

悩みに悩んだ芳は、大学の友人に訊いてみた。

「なあ、一緒に暮らしていて、相手が家事もお金も全部負担してくれている時ってさ、もう片方は何をしたらいいと思う？」

『はぁ？』

数日間大学を休んだ後にいきなり電話をして尋ねた芳に、友人は最初呆気にとられた声を上げた。

『なに、それ？　お前、まさか同棲《どうせい》始めたわけ？　どんな女だ？　会わせろ』

「ち、違うってば」

それまで恋人の話はおろか、好きな子の話も友人にしたことがない芳の突然の質問に、妙にテンションが上がる相手を宥めるのが大変だった。

自分のことなど聞いても面白くないだろうに、突っ込んで聞かれても言えるはずもない。

それでも、しどろもどろになる芳を可哀想に思ったのか、友人は俺の場合はと前置きをして教えてくれた。

『向こうが全部してくれる年上のお姉さまなら、俺は身体でご奉仕するな』

「身体でご奉仕？」

『エッチ。若い子は良いわって言わせる。はは、童貞《どうてい》のお前には無理か』

絶句した芳をからかうように笑った友人だったが、それでも電話でこんなことを相談する芳の近況が気になったらしい。不意に声を落として尋ねてきた。

『お前、変なのに捕まってないだろうな？　今から会って話すか？』

「大丈夫。ありがとう、変なこと聞いてごめん」

色々と深く追及される前に慌てて電話を切った芳は、携帯を握りしめて息をつく。

子供のことと神代のことで頭がいっぱいだったが、大学のことも早急に考えなければならない。

「……目立つようになるのかな……」

三カ月で出産できるということだが、腹の中でどのくらいの大きさになるのか今は想像できなかった。もしも、よく街で見かけるような妊婦と同じ大きさになったら……もちろん外出などできない。

多少幼く、女顔に見られても、芳は女ではなく男なのだ。奇異《きい》の目で見られてしまうのは絶対に避けられないし、自分はともかく神代にまでその視線を向けられるのは絶対に嫌だった。

そうなると、大学は休学するか、最悪辞めるしかなくなる。両親にはそこまで話していないので、一度ちゃんと相談をしなければならないだろう。

芳は腹を見下ろした。まだ膨らんでいないそこには、神代との子供がいる。

「……」

手を当てると、自然と頬が緩んだ。大変だろうと思う以上に、今は嬉しいという思いの方が強かった。

その時、まだ手にしたままの携帯が鳴った。友人が掛け直してきたのかと思って慌てて見ても、そこには見覚えのない携帯電話の番号が示されている。誰だろうかと一瞬頭を過ったが、芳は躊躇《ためら》いながらも出てみた。

「はい？」

しばらく、相手は無言だった。

「あの、守野《もりの》ですけど……」

『芳』

「！」

電話越しに聞こえてきた声に、芳は一瞬で顔が強張る。何度も聞いたわけではないのに、絶対に忘れることなどできない声。

「……獅堂、さん」

獅堂がなぜ自分の携帯電話の番号を知っていたかなんて疑問はすぐに消えた。自分のことは両親を通じて獅堂には筒抜《つつぬ》けになっているはずだ。

今、芳が神代と同居していること、子供が本当にできていたこと。それを改めて知った獅堂がどんな行動をとるのか考えてしまい、芳は次の言葉が出てこなかった。

『体調はどうだ』

だが、獅堂が次に行ったのは芳を気づかう言葉だった。

その言葉の意味を考えようにも、まっ白になった頭では何も思いつかない。

「だ、大丈夫です」

もっと他の言い様があったかと思ったが、獅堂は気にした様子もなく続けて言った。

『医者は信頼できるのか』

「あ、あの、神代さんの知り合いの人で……」

『あの男が、本当にお前を受け入れると思っているのか』

「！」

あの男というのが神代を指していることは直ぐにわかった。

大丈夫だと即答したかったのに、芳の胸の中にある僅かな不安が答えを遅らせてしまう。

そんな芳の心中を察したように、獅堂は幾分声を和らげた。

『俺はお前と同族の男だ。お前がこれから産む子供も含めて、生涯大切にすると誓う。いつでも俺の元に来い』

「獅堂さ……っ」

拒否しようとする前に電話は一方的に切れてしまった。

携帯電話を持ったまま、芳はしばらく呆然としていた。

神代の子供を妊娠した芳のことを見捨ててくれたらいいのに、どうやら獅堂はあくまでも芳を自身の伴侶《はんりょ》として迎える気らしい。

同族――引きずられそうな思いに芳は首を横に振る。自分が好きなのは神代で、神代の子供だから産もうと決意したのだ。いくら同族と言えど、彼以外の男と一緒になることなど考えられない。

今の電話のことを神代に伝えた方が良いのはわかっていたものの、芳はとても言えそうになかった。

獅堂からの電話で芳は一気に疲れてしまったが、それでも神代からの帰宅を連絡する電話が入って気を取り直した。

家事はしなくても良いと言われていたが、冷蔵庫の中を見てできる下ごしらえはしておこうと思った。どうやら今日はロールキャベツのようで、後はもう煮込むだけとなっている状態に思わず手を止めてしまう。味付けには自信がないので、本当にもう何もすることがない。

風呂掃除だって気づけば朝のうちにやってしまっているし、大人二人の生活では部屋の中もそれほど汚れない。

床のラグをコロコロと毛取りで綺麗にしたが、それだってものの十分も掛からなかった。

「……これって……」

友人が言うように、後はもう本当に身体で奉仕するしかないような気がしてくる。

手持無沙汰《てもちぶさた》なまま、リビングのテーブルで勉強をしていた芳は、インターホンの音に顔を上げた。

「お帰りなさい」

「ただいま」

慣れた挨拶の後、いつものように額にキスが下りてくる。

「今日は変わったことはなかったか？」

一瞬言葉に詰まってしまったが、芳は慌てて首を横に振った。

「何も」

「……そうか」

神代はしばらく芳の顔を覗き込んでいたが、直ぐに肩を抱くように部屋の中に向かった。

（気、気づかれてるかな）

敏《さと》い神代を完璧に誤魔化す自信はなかったが、なぜかそれ以上の追求はされることなく、着替えてきた神代の手伝いをするために一緒にキッチンに立つ。ふと視線がリビングに流れた時に、ローテーブルの上に広げたままの勉強道具が目に入った。

やはり、これは神代にちゃんと相談しなければならない。

「神代さん」

「ん？」

スープの味を確かめていた神代がこちらを向く。いつもと変わらぬ優しい眼差しに、芳も意を決して切り出した。

「大学のことなんですけど……休学か、辞めるか、なかなか決められなくって……」

遠まわしに言おうと思ったが、結局正直に今の気持ちを吐露《とろ》する。すると、神代は手を置いて身体ごと芳に向きなおった。

「芳はどうしたい？」

「俺は……」

両親の望みを蹴ってまで神代の手を取った状態で、大学まで続けて行きたいなどと我が儘は言えない。第一、自分の体調だってこれからどうなるのかわからなかった。

（でも……）

辞めますと、直ぐに言いきることができない芳を抱き寄せ、神代は宥めるように背を撫でてくれる。

「まだ、わからないのか？」

「……はい」

結局、自分の気持ちもはっきりしていなかったことに今さらながら気がついた。

「それなら、まだ決めなくてもいいんじゃないか？」

「え？」

「体調が良いうちは大学に行ったらいいし、無理だと思えば休めばいい。辞めるのは簡単だが、また改めて通うとなると大変だろう？」

頭ごなしに決め付けるのではなく、諭すように言う神代の言葉に芳は頷いた。

辞めなければいけないと思う反面、あんなに勉強してやっと入学できた大学を辞めるのはやっぱり簡単には決められなかった。

「……神代さんには迷惑かけるかもしれないけど……」

「パートナーを支えるのは当然のことだ。それに、君が今大変なのは私の子供を身ごもっているからだろう？　遠慮なくこき使ってくれ」

冗談のように言ってくれる神代に思わず笑うと、もう一度背を撫でてくれる。

「芳は考え過ぎだ。もっとシンプルに考えてみたらどうだ？」

「シンプル……？」

「大事なことを一つだけ決めるんだ。それを目標にしたらいい」

神代はそこで話を切り上げ、料理を再開する。芳は今の神代の言葉を噛みしめるように口の中で呟いてみた。

（大事なことを、一つだけ？）

一番は、当然だが《子供を無事に産むこと》だ。なによりも大切だし、そのためにはどんなことでもしようと思う。

ただ――。

「……二つ」

「ん？」

思わず呟くと、神代が不思議そうにこちらを見た。

「一つだけにはできません。子供を産むことも大切だけど……神代さんと、ずっと一緒にいることも大切、だし」

何だか最後まで言う前に恥ずかしくなって最後は早口になってしまう。

すると、突然神代の顔がアップになったかと思うと唇にキスされた。

突然の行動に目を見張った芳は、照れくさそうに笑う神代を見てますます驚く。

「困った」

「え……え？」

「芳が可愛過ぎて困る」

改めて言われるとどうしていいのかわからず、自分の方が顔が熱くなって、幸せな気分でふわふわする。

『向こうが全部してくれる年上のお姉さまなら、俺は身体でご奉仕するな』

ふと、夕方話した友人の言葉が頭を過った。

身体で奉仕をするなんて、その時は想像もできなかった。しかし、こんなふうに言葉で気持ちを伝えてくれる神代に対し、自分もどうにかして感謝の気持ちを伝えられないだろうかと思い始める。

その後の夕食の支度中も、そして一緒に食事をしてそれぞれ風呂に入る時も、芳はずっと考え続け、書斎で仕事を終えてベッドルームにやってきた神代を出迎える時、ベッドの上で正座《せいざ》をして待っていた。

「芳？」

芳の様子を見て怪訝そうな顔をした神代だが、直ぐに近づいてきてベッドに腰掛ける。その彼に向かって芳は言った。

「あ、あの、俺考えたんですけど」

「考えた？」

「俺ができることは何かなって」

切り出すと、神代はなぜ芳が生真面目な顔をして出迎えたのかわかったらしい。苦笑しながら手を伸ばし、髪を撫でてくれた。

「言っただろう？　芳は子供を無事に産むことが一番大きな仕事だ。それ以外は全部私に任せてくれたらいい」

予想していた通りの答えに思わず溜め息が漏れそうになったが、芳はすぐに思い直してもう一度自分の気持ちを伝えてみる。

「神代さんがそう言ってくれるのはすごく嬉しいけど……でも、そうでなくても全部面倒見てもらっているのに、何もしないのが嫌なんです」

「芳の言いたいことはわかるが……」

「それで、あ、あの、俺、考えて」

この先を言うのは随分勇気がいるが、それでもずっとグズグズ悩んでいることはもうできない。

「よ、夜の奉仕でっ」

「夜の奉仕？」

「お金もないし、お腹に赤ちゃんがいる状態じゃ家事もあまり手伝えないし、それなら、あの、身体で奉仕っていうか……っ」

最後までちゃんと言えなかった。途中で神代が笑いを堪《こら》えているのがわかったからだ。

自分の言ったことがそんなに変なことだったかと羞恥で身体は熱くなり、いたたまれずにベッドから下りようとする。

しかし、そんな芳の腕を掴んだ神代にそのまま引き寄せられ、逞しい胸に倒れ込んでしまった。

「夜の奉仕って、何をしてくれるんだ？」

「い、今のは無しですっ」

「じゃあ、また改めて教えてもらおうか」

楽しげにそう言った神代は、芳の身体を抱きこむようにして一緒にベッドの上に横になる。

「か、神代さん」

「芳の言葉は嬉しいが、大丈夫、我慢できる」

「我慢……」

神代の口から思いがけない言葉を聞き、改めて彼を見上げた。いつものように優しい眼差しだが、その中には消えきらない欲情の光があった。

それでも、神代は芳と、腹の中の子供のことを想って自制してくれている。その気持ちがとても嬉しかった。

第六章

　エコーを見ながら黙り込む本条を前にして、芳は緊張で倒れそうになっていた。

「な、何か悪いこと……」

「……いや、そうじゃないが」

「はっきり言ってくれ」

　週二回の検診には必ず付き添ってくれている神代は、本条のもったいぶった様子に視線を強くして促す。本条は検診のたびに取っているエコーの写真を机の上に並べながらようやく切り出した。

「んー……いや、そろそろ三カ月を過ぎただろう？　話によると、三カ月くらいで出産するのが普通だってことだが、これで見てもここ何回かあまり大きさは変わっていないんだ」

「そ、それって、まさか……」

　腹の中で死んでいると言われるかと思い、全身から血の気《け》が引いた。

慌てて腹に手をやっても、子供が動いているかなんてわからない。芳は必死になって本条に尋ねる。

「何か俺っ、子供に悪いことでもしたんでしょうかっ？」

「落ち着いて。君は俺の患者の中でも優秀な母親だ。言ったことは守るし、何より子供のことを本当に愛している。心配しなくても、中の子は生きているよ」

改めて言ってもらい、芳は全身から力が抜けそうになった。しかし、やはり先ほどまでの本条の様子が気になる。

「それだったら、何が心配なんですか？」

「多分だが、君の腹の中で成長するのは今の大きさが限界じゃないのかな。出産日が近づいていると思う」

「生まれる……」

妊娠時はまったくわからなかった平たい腹だが、今は僅《わず》かにだが膨らんでいる。だがそれは、腹いっぱい食べて膨らんでしまったくらいのもので、大学の友人など誰も芳が妊娠しているなどと気づかないくらいだ。

しかし、当然芳は日々僅かずつの変化も敏感に感じていて、暇《ひま》さえあれば腹を撫でたりしていた。自分と神代と、いったいどちらに似ているのか考えたりもしていたのだ。

（でも、こんな大変なことなんて……）

腹の中での成長は考えていなかった。

出産に関する知識が乏《とぼ》しいとはいえ、自分の危機感のなさに後悔してもしきれない。

青ざめる芳を見てから、本条は神代へ視線を向けた。

「今の大きさから見て、推定体重は五百グラムもない。多分、三百ちょっとだな。思ったより小さい」

「成長不足ということか？」

「だから、元々の資料がない状態なんだって。腹の中で生きていても、出産時にどうなるか、正直言って俺は楽観《らっかん》はしていないぞ」

神代と本条の会話に、芳は不安がますます大きくなった。

妊娠してから色々とネットや本でも調べたが、普通の女性の出産でも事故はあるものらしい。腹の中で、もしくは出産する瞬間。無事に子供を腕に抱くことは奇跡なのだ。

「後もう一週だけ様子を見よう。その間に産気《さんけ》づかないと陣痛促進剤《じんつうそくしんざい》を使うか、帝王切開も考えないとな」

「帝王、切開？」

「腹を切って子供を取り出すんだ。大丈夫、麻酔《ますい》をしているから」

本条は芳を安心させるために言ってくれているのだろうが、今まで大きな病気をしてこなかった芳にとっては、腹を切るなんて一大手術《いちだいしゅじゅつ》だ。

そうまでしなければ子供を産めない。自分が男で、母親としては異質だからだ。

そのせいで子供にもしものことがあるかと思うと、胸が締めつけられて呼吸も上手《うま》くできない。

「芳」

そんな芳の肩を抱き寄せてくれた神代が、不安に押しつぶされそうな気持ちを宥めるように声を掛けてくれた。

「心配するな。きっと元気な子供が生まれる」

「で、でも……」

「私と芳の子だぞ。信じなくてどうするんだ」

（……だから、だよ）

これがもしも同族の相手との子ならば、獣人としての生命力はとても強いと思う。しかし、腹の中にいるのは人間である神代の血も混じっている子なのだ。絶対に大丈夫なんて言えないのに、それを口にすると神代を悲しませることになるので言えない。

もちろん、神代以外の男の子供を妊娠することも、ましてや産むことなどとても考えられないが、悪い方へと傾く思考は止められなかった。

「芳君」

青ざめたまま俯《うつむ》く芳に本条が話しかけてきた。

「頑張るのは君だよ」

「え……」

「もちろん、最善を尽くすつもりだが、最終的には君の頑張りに掛かっている。こいつなんか、せいぜい手を握りしめることしかできないんだ」

「先生……」

本条が言いたいことはわかっているつもりだ。

しかし、今の芳は無事に産んでやれる自信が百パーセントになりきれない。

不安な気持ちを抱いたまま病院から帰宅した後、芳は落ち着かずにリビングをうろうろと歩きまわってしまう。じっと座っていると悪いことばかり考えてしまいそうなのだ。

いつ出産してもおかしくない状況だと言うのに、少しもその兆候《ちょうこう》がないのは異常なのだろうか。

適度な運動をした方が良いのだろうが、その適度がどのくらいかがわからない。

不意に、芳は顔を上げた。神代はつい今しがたまで側にいてくれたが、急に仕事の電話が入って席をはずしている。

今しか——ない。

そう思った時、ポケットに入れたままの携帯電話を取り出して電話を掛けようとした。

今の状況が一番わかるのは両親か、獅堂しかいない。そのどちらかに現状を伝えて助言してもらえれば少しは気も休まるはずだ。

電話帳を開いて自宅の電話番号を出した芳は、そのまま電話を掛けようとして……手を止めた。

「俺……」

(今……)

我が儘を言って家を出ているのに、今さら両親に縋ろうとする自分の身勝手さに猛烈に恥ずかしくなった。

慌てて電話をローテーブルの上に放り出してソファに座る。

「……はぁ」

(お腹が痛い……)

色々考え過ぎて、胃がキリキリと痛んだ。

「痛い……」

いや、これはキリキリというより、ズクズクだ。

「……え？」

（こ、これって……）

気のせいかもしれない。単に、気が張りすぎて腹が痛いだけなのかもしれない。

だが、どんどん張ってくる腹に身を丸くした時、芳は直感で悟った。陣痛がきたのだ。

「神代、さ……っ」

大きな声を出すとつらくて、芳は喘《あえ》ぐように神代の名前を呼び続ける。

「芳？　……芳っ」

やがてリビングに戻ってきた神代がソファに蹲ったままの芳を見つけて抱き起こしてくれた時、芳はもう確信していた。

「う、生まれる、よっ」

「すぐに病院に行くっ」

神代はソファにかけていたままのコートで芳の身体を包み、抱きあげて早足で歩く。

「ご、ごめんなさ……」

たった今病院から戻ってきたばかりだというのに、再び舞い戻ってしまうことになった。

神代に手間を掛けさせて本当に申し訳ない。

「そんなことを気にするなっ。いいか、苦しかったら私の腕にしがみ付いているんだっ」

「……っ」

（神代さん……慌てている……）

普段、どんなことがあっても冷静沈着な神代が、青ざめて焦っている。髪も乱れて、シャツの上には何も羽織《はお》っていない。寒くないのかと心配になった。

「……った……！」

「芳っ」

大好きな声が何度も自分の名前を呼んでくれる。

芳は頷く代わりに、しがみ付いた腕に力をこめた。


二時間もしないうちに舞い戻ってきた芳たちを、本条は用意万端に受け入れてくれた。

どうやら予《あらかじ》め神代が連絡を入れていたらしい。

「ご、ごめんなさい」

激しい腹痛に堪えながら言うと、本条はウインクして笑った。

「俺の言った通り、君は優秀な患者だ。予定日のことを言った途端、陣痛を起こしたんだからな」

「や、やっぱり……っ」

初めて感じる強烈な痛みが陣痛なのかと思う間もなく、芳はいつもの診察室とは別の部屋に案内される。

そこは様々な機械と、椅子の様式になっているベッドがあった。どうやらここが分娩室《ぶんべんしつ》のようだ。

「そっちの部屋でこれに着替えさせてやれ」

本条の差し出したものを受け取った神代が、芳を抱《かか》えるようにして別のドアを開ける。

意外に広い部屋にはベッドと、カーテンで仕切られるトイレ、洗面所が完備して、まるで病室のように見えた。

「芳、私の肩に掴まるんだ」

「は……いっ」

震える足を踏ん張り、神代の肩を両手で掴む。すると、彼にそれまで着ていたシャツとジーンズを手早く脱がされた。暖房が効いているので寒くはなかったが、見知らぬ場所で服を剥《む》かれていく不安は少なからずある。

上半身が裸になると、その上から直《じか》に手術着のようなものを着せられた。前開きで紐を結んでくれる神代の手元を必死で見つめていた芳は、今度はベッドに浅く腰を掛けるように言われた。

その次にひざまずいた神代に下着に手を伸ばされて息をのむが、考えたら今から出産するのだ、下着も取らなければならないのは当然だった。

それでも、今から足を広げ、下肢を本条に晒《さら》さなければならない。今までの診察では芳と神代の強い要望で内診《ないしん》はしておらず、ずっとエコーや血液検査だったので、いよいよすべてを曝《さら》け出すのかと思うとやはり勇気がいった。

しかし、すべて子供を産むためだ。自分一人では何もできず、頼る相手は本条しかいない。

全幅の信頼を本条に預けるのだ。

「芳」

名前を呼ばれて顔を上げると、神代が額にキスをしてくれる。

「大丈夫だ。ずっと側にいる」

その言葉に何度も頷き、再び分娩室に戻ると、本条も支度を終えて待っていた。

「覚悟はできたか？」

「は……い」

「神代」

「頼む」

本条の誘導で分娩台に乗り、芳は足を大きく広げる形になる。その真ん前に立って下肢を覗き込んだ本条が、思わずと言ったように感嘆《かんたん》の声を上げた。

「ちゃんと、産道《さんどう》ができてる……ああ、これが膣口《ちっこう》の代わりになるのか」

「おい、あまり見るな」

下肢の方から聞こえる二人が言い合う声に眩暈《めまい》がしそうだが、今は断続的に襲ってくる痛みを逃《のが》すのに精一杯で声を出すこともできない。

「芳、痛むのか？」

芳の様子に目ざとく気づいたらしい神代が、声を掛けながら手を握ってくれる。それに返事もできずに、爪を立てるほど強く握り返した。

「本条っ、痛みを和《やわ》らげることはできないのか？」

「そんなの無理だって」

「芳がこんなに苦しんでいるんだぞっ」

「……うっ」

いつだって余裕のある顔しか見せない本条が、今眉間に皺をよせ、顔色も青ざめて本条に理不尽な無理を言っている。その姿がおかしくて、でも自分のことを思ってくれているのが嬉しくて、笑いたいのに苦痛の波が次々と押し寄せてきて笑みを作ることができない。

「お前、聞いたことがないのか？　出産ってのは鼻からスイカを出すくらいの苦痛だって」

（お……かし……）

「そんな非科学的なことはいいっ」

「芳君。出産の痛みっていうのは、男は我慢できないものだって言われてる」

「本条っ」

神代は本条の言葉を止めようとするが、彼は顔を上げて真っ直ぐに芳を見た。

「芳君は男だけど、三カ月も腹の中で子供を育ててきた母親でもあるんだ。大丈夫、立派な子を産めるよ」

「せ……んせ」

それは単に芳を力づけるための口から出まかせかもしれないが、それでも縋るようにその言葉を信じて何度も頷く。

（ちゃんとっ、産むんだ……っ）

「よしっ」

芳の決意を感じ取ったのか、本条もにっこり笑って力強く頷き、再度下肢を覗き込む体勢になった。

「触るぞ」

その一言の後、ひんやりとしたものがペニスに触れるのがわかり、身体が竦《すく》み上がる。

そこに触れなければならないというのは頭の中ではわかっていたが、どうしても気持ちが逃げ腰になった。

「芳っ」

そんな芳の名前を神代は何度も呼ぶ。

「大丈夫だっ」

「う……んぁっ」

痛みがさらに強くなった。身体の中が燃えるように熱く、腹の内側から外へと何かが押し広げるように刺激してくる。あんなに目立たなかった腹の中に、明らかに別の存在がいることがわかった。

（お……ねが、いっ）

生まれる前はどんな姿か、ちゃんと育てられるのかと、不安も大きかった。しかし、今はどんな姿でも、たとえ獣の姿だったとしても、生きてちゃんと産むことしか考えられなかった。

　どのくらい唸っていたのか、まるで実感がない。身体に力が入るたびに額からは汗が滲
み、それを何度も神代が拭ってくれるのはわかった。

「んんーっ」

　だが、ある瞬間ひと際大きな波が襲ってきて、芳は反射的に息をのむ。

「芳君っ、ちゃんと呼吸をして！」

　遠くから本条の声がし、その通りにしようと思うのに、どうしても身体に力が入ってし
まった。そうすると余計に下肢に鋭い痛みが走る。

「呼吸をしないと産道が開かないぞっ。ほら、浅く何度も繰り返してっ」

「芳っ」

「は……っ、はっ……はっ」

　本条から何度も教わった呼吸法。神代相手にずっと練習してきたし、ちゃんとできてい
たはずだった。それなのに、肝心《かんじん》のところでどうしても不規則なものになる。

「で、できなっ」

「できる！」

強く言われ、芳は涙を溢れさせながら呼吸を整えた。

「ひっ、ひっ、ふーぅっ、はっ、はっ、ひっ……ふーぅっ」

「よし、いいぞっ」

ペニスの下にある双球が張り詰めるのがわかる。

「ひゃぁうっ」

メリッと、下肢の奥が割かれる感覚がした。

「……開いたっ」

「芳っ、見えてきたぞっ」

（見、見えて、きたっ？）

その途端、身体から力が抜ける。

「駄目だっ、力《りき》んでっ」

「り、りき……むっ？」

「このまま力を抜くと、産道の中で子供が窒息しちまうっ。ほらっ、さっきのように呼吸を繰り返すんだっ」

下肢に、何かが挟まっているのがわかった。いったい、どこまで子供の身体が出ているのかわからないが、もしも首の辺りで締めつけてしまったら。それこそ、本条が言うように窒息してしまいかねない。

三カ月も腹の中で育て、親の自覚はまだ乏《とぼ》しいが確かに愛情を持っていた。その愛《いと》しい存在を自分のせいで死なせるなんて考えられない。

「ひっ……ひっ、ふっ」

芳はどうにか呼吸法を再開した。

流れる涙は止まらなくて、視界は濡れて歪んでいる。

何度も励ましてくれる神代と本条の声が次第に遠くなりかけた時だった。

「頭がでたっ」

「ひっ、ふーぅっ……うぅ……うあ……あぁっ」

ずるっと、何かが下肢から出て、直前まで感じていた痛みが驚くほど綺麗に消えてしまった。

「芳っ、産まれたぞっ」

神代の喜びに満ちた声が聞こえるが、涙でぐしゃぐしゃの視界はなかなかはっきりとしない。

それに、痛みの後に芳が感じたのは恐怖だった。声が、聞こえないのだ。

（ま、さか……）

自分がちゃんと力まなかったせいで、子供が死んでしまったのではないか。それを自分の目で確かめるのも、神代や本条に尋ねるのも怖くてできなかった。

「……芳」

（ど、どうし、よ……）

胸が締め付けられるほど苦しい。先ほどの痛みなんてまったく苦痛に思えないほど痛くてたまらない。

「芳」

その時、微《かす》かに血の匂いがした。

「……ぅ……みゅぅ……」

次に、本当に聞こえるか聞こえないくらいの小さな鳴き声がする。

「……生きて、る？」

怖々尋ねた芳に、

「目を開けて」

そう、神代は言った。自分の目で確かめろと言われたような気がして、芳は何度も瞬きを繰り返す。手が上がらないので涙が拭えないのだ。すると、柔らかな布で目が拭われた。

次に目を開けば、ちゃんと周りは見えるだろう。それがわかっているのに、まだ勇気が出ない。

「……みぃ」

「！」

そんな芳の弱い心を叱咤《しった》するかのように、今度はもう少し大きな鳴き声がした。

確かめるのだ。

芳はようやく気持ちが決まり、ゆっくりと瞼を開いた。

「あ……」

目の前には、神代の手があった。いや、手の上には、小さな塊が乗っている。

「可愛い子だ」

神代の片手に乗るほど小さな赤ん坊は、どう見ても獣だった。猫とは違う丸い耳に、尻尾、濡れているせいか全身が濃い灰色の毛で覆われている。

「……可愛い……」

一目見て、口からついて出たのはそんな言葉だった。

人間だとか、獣だとか、まったく関係ない。自分と神代の血を受け継いだ我が子は、とにかく無条件で可愛くて、愛おしい。

「男だ」

「男の、子？」

それまで、性別もわからなかった。男の子でも女の子でもどちらでもいいと思っていたが、自分と同じ性を持っていることに深い感慨がある。

「抱くか？」

そう言われて頷くと、神代は芳に両手を差し出させてその上にそっと赤ん坊を預けてくれた。

（……軽い……）

そのあまりの軽さに、何だか無性に叫びたくなる。こんなに小さな身体で、男というイレギュラーな自分の腹からちゃんと産まれてきてくれたのだ。

「さあさあ、感動はもうちょっと待ってくれ」

手のひらにいる赤ん坊を見てまったく動かない芳に苦笑した本条は、あっさりと赤ん坊を取り上げてしまった。

「あ……っ」

「すぐに返してやるから」

そう言いながら本条が赤ん坊を乗せたのは小さな秤《はかり》だ。

「体重は……二七八グラムか。身長は……約十六センチ。予想より小さかったな」

「先生……」

それは悪いことなのだろうかと芳が不安になって問いかけると、いいやと首を横に振ってくれる。

「しっかり自発呼吸をしているし、五体満足だ。体重や身長は前例がないから何とも言えないが、半日の出産を無事に終えて産まれてきたんだ、きっと丈夫に育ってくれるって」

「……半日？」

ふとその言葉が気になって神代を見上げると、彼も苦笑しながら頷いた。

「もう夜中の三時近くだ」

「え……」

検診を終えてマンションに帰り、陣痛が来てとんぼ返りでまた病院に来た。確か、午後一時は過ぎていたはずだ。

それから約半日もの間唸《うな》っていたと言われても信じられない。気が遠くなるほどの痛みだったが、今考えればあっという間の出産だったからだ。

「本来このくらいの体重だったらすぐに保育器に入れなければならんのだが……さすが獅子の血を引く子だな、生命力がある」

「マンションに戻ることはできるか？」

疲れた芳を気づかってくれた神代がそう切り出したが、本条は渋い顔をして頷かない。

「できれば二、三日は様子がみたい」

医者としては当然の主張だったが、芳は素直に受け入れることができなかった。

本条は納得してくれていても、本来ここは個人の総合病院で当然他の患者はもちろん、常時看護師たちがいる。芳の身体のことを思って今までは人払いをしてくれていたが、入院ともなると顔を会わせないでいられるのは難しいはずだ。

自分だけなら奇異《きい》の目で見られても耐えられるが、獣《けもの》の姿で産まれた赤ん坊を見てパニックが起こり、万が一事故などあったら。そう考えると、長居《ながい》をする気持ちになれない。

それは神代も同じようで、彼からもどうにかできないかと言ってくれた。

「だが、俺にも責任がある」

「何かあったらすぐに連れてくる」

「神代」

「出産したばかりで疲れている芳には、一番安心できる場所でゆっくりして欲しい」

「ん～」

腕を組んで唸った本条は、ようやく顔を上げて神代に宣言した。

「今日一日は病院にいてくれ。夕方、帰るのは許可しよう」

「すまない」

「その代わり、しばらくは毎日往診《おうしん》するぞ。愛の巣に足を踏み入れるなと言われても、安心できるまではちゃんと責任を持ちたい」

「……わかった。芳」

芳も、それが本条のできる精一杯の譲歩だとわかる。今日一日……といっても、もう午前三時を過ぎるころだが、側に本条がいてくれる方が本当は安心だった。

「お願いします」

頭を下げた芳は、もう一度赤ん坊を見つめた。

（俺の、赤ちゃん）

＊　＊　＊

ベッドに横たわった芳が深い息をついたのを見て、神代もようやく安心できた。

今しがた、まだ身体が自由に動かせない芳の身体を拭いてやった。半日もの長い出産のために全身汗をかいていた芳は気持ちが良さそうにしていたが、さすがに下肢に触れる時は恥ずかしがった。

そういえば、ここを本条に見られ、触られてしまったのだ。しかたがないことだし、医師の手に嫉妬するのも大人げないと思うものの、多少良い気持ちがしなかったのは嫉妬深いせいかもしれない。

芳を説き伏せて下肢を綺麗にしてやる時、神代は初めて芳の身体にできた女の部分を見た。それは双球と肛門のちょうど間くらいにあって今はもう閉じられていた。

（あの時は、確かになかった）

芳と初めてセックスをした三カ月ほど前、たった一度だったが散々見た場所だった。この期間に出産できるように身体が作り変えられていたのかと、感動と共に芳の話が本当のことだったのかと改めて実感した。

芳が嘘を言うわけがないと思っていたが、本当に子供ができるのだろうかというのは半信半疑だった。獣の耳や尻尾があった時点で不思議なことはありうると思っていたくせに、そこは男同士だということも多分に関係あったかもしれない。

実際、今日半日もの時間を掛けて芳が産んだのは、明らかに人間ではない獣だった。全身を覆う毛に、耳に尻尾。世間一般から見て、人間の身体からこの姿で産まれたら異形《いぎょう》と誹《そし》られるだろう。それでも神代は、芳と自分の血をひいた我が子を無条件で可愛いとすぐに感じた。

視線を流すと、籠《かご》のベッドで眠っている小さな赤ん坊がいる。見ているだけで微笑ましく思っていると、同じことを考えていたのか芳が呟いた。

「……俺、母親の実感が湧くかなって心配だったけど、見た瞬間可愛いとしか思えなくて」

「ああ」

「神代さんとの子供だからそう思うのかもしれないけど、やっぱり産んで良かったです」

芳本人の口から後悔していないということを聞いて安堵した。様々な問題は山積していたが、神代も芳に出産してもらって良かったと、心から感謝していた。

「ありがとう」

「え？」

思わず口から出た言葉に、芳が不思議そうな目を向けてくる。まだ青白い顔色の頬を撫で、神代はもう一度告げた。

「産んでくれて、ありがとう」

「神代さん……」

「芳ばかりに負担を強いてきたが、今からは私が矢面に立つ。安心して、一緒にこの子を育てていこう」

芳の両親、そして獅堂という男。

優しく、特異な獣人という存在の芳は簡単に血族と縁を切ることはできないかもしれないが、それならばすべての問題に自分が前に出るつもりだ。できる限り、芳には心安い状態で子育てをさせてやりたい。

身体が乾いた赤ん坊の毛は、綺麗な黒に近いグレー、黒灰色だ。獅子、つまりライオンに黒毛がいるとは聞いたことはない。もしかしたら、自分の髪の色を受け継いでくれたのかと思うと嬉しくなる。

今は閉じられたままの目の色も黒色かもしれないと考えると楽しみだ。

「俺も、一緒です」

「芳？」

不意に聞こえた芳の言葉に顔を上げると、飴色《あめいろ》の目が真っ直ぐに自分を見ている。

「俺も、この子の親です」

神代にだけ負担は強いたくないと言ってくれる芳の気持ちが嬉しかった。

「……ああ、そうだな。一緒に育てよう」

「はい」

嬉しそうに笑う芳が可愛くてしかたがない。できる事なら強く抱きしめたいが、疲労困《ひろうこん》憊《ばい》の今の状態では無理はできない。

「もう寝ないと」

時刻は午前三時になろうとしている。今は興奮状態が続いて疲れなど感じていないのだろうが、せっかく病院にいるのならゆっくりと身体を休めさせたい。

（それにしても……）

本条が芳のために用意してくれていたのは特別室だった。トイレだけでなく、付き添いの人間のために簡易のシャワー室や応接セット、仮眠用のベッドまである。あの本条のことだ、しっかり部屋代は取られるだろう。

しかし、今回のことは本条がいなければここまで無事に事が運ばなかった可能性もある。感謝の意味も込めて、本条には改めて十分な礼をするつもりだった。

「神代さん」

「ん？」

「……側にいて、ください」

それが、精神的なことだけではないとすぐにわかった。

芳が横になっているベッドはセミダブルの大きさがある。少々狭いが、芳を抱き締めれば眠れないことはない。

神代はもう一度籠の中を覗いた。よく眠っている赤ん坊の呼吸を確かめ、部屋の明かりを落とす。

上着を脱いで芳の隣に身体を滑り込ませると、小さな手がしっかりとしがみ付いてきた。熱い身体を感じながら、神代も愛しい身体を抱き寄せる。

「痛みは残っていないか？」

「出産の時のことを考えたら、今は全然平気です」

「それならいいが、無理をして我慢だけはしないでくれ」

「……」

「どうした？」

笑う気配を感じ取ると、笑みが混じった声で答えてくれた。

「神代さんて、やっぱり心配性」

「そうか？」

「でも、俺のことを考えてくれてるってわかるから……嬉しいです」

そう言われると何とも言えない気分になった。

芳の前ではいつだって頼り甲斐のある男でいたかったが、家族を持つことで変わったのならば大歓迎だ。

「……あ」

しばらくクスクス笑っていた芳だったが、ふと思い出したように呟く。

「芳?」

「名前」

腕の中の身体はまだ熱いままだ。神代は興奮が落ち着くように肩を叩きながら先を促す。

「まだ、呼んであげてなかった」

「そうだったな」

「蓮《れん》、で、良いですよね?」

「両方の名前を考えていて良かったな」

出産まで一カ月を切ったころから、二人で子供の名前を考えた。特に芳はネットや姓名判断の本も買い込んで、毎日毎日真剣に選んでいた。

そんな芳が考えた幾つかの名前から相談して、男の子だったら《蓮》と名付けることに決めていた。

ハスの花のように、真っ直ぐに大きく育ってほしい。

子供の名前を決めることがこんなにも難しいと初めて知った。放任主義だと思っている両親も、もしかしたら今の自分のように真剣に名前を考えてくれたのかもしれないと思うと、親というものの存在のありがたさまで再認識してしまったほどだ。

「蓮、蓮」

芳は小さな声で何度も名前を繰り返す。愛おしいという思いそのままの響きに、神代はらしくもなく胸が締め付けられるような気がした。そして、今伝えるしかないと思った。

「……芳」

「はい」

「三人で、生きて行こう」

「神代さん……」

「結婚、してほしい」

「！」

芳にとっては意外なことだったのか、神代の予想以上に驚いて目を丸くしている。しかし、その目の中に拒絶の色はなく、神代はさらに言葉を継いだ。

「お前を愛している。もちろん、蓮もだ」

抱きこむ腕に力を込める。

「で、も」

芳はしばらく狼狽《ろうばい》したように視線を彷徨《さまよ》わせていたが、やがて掠れた声で訴えてきた。

「お、俺……男、で」

「性別なんて関係ないと言っただろう？　私は芳が良いし、芳以外の伴侶など考えられない」

元々、芳のことがほしいと思っていた。それはもしかしたら恋人としての存在だったかもしれない。だが、こうして自分の子を産んでくれた今、さらなる愛しさが溢れてきた。恋人としてだけでなく、家族として、ずっと共に歩んでいきたい。

「二人は、絶対に守る」

何から、ではなく、すべてから。愛しい芳が産んでくれた愛しい子供。その二人を守る権利は自分にしかない。

神代の決意がわかったのか、芳が胸もとに顔を寄せ、何度も頷くのがわかる。シャツが濡れ、僅かな嗚咽が聞こえてきたが、今は顔を覗き込むのは止めておこうと、目の前にある艶やかな髪に唇を寄せた。

「もう寝よう。ゆっくり身体を休めるんだ」

「……」

「愛している」

その言葉にも頷く気配がしてしばらく――胸に圧し掛かった身体の重みが増したよう

な気がした。気は昂《たかぶ》っているままだったようだが、休息を欲しがった身体の睡魔《すいま》には勝てなかったらしい。

「……」

今日は一日、初めて経験することばかりだった。

そして、家族が増えた。

神代は自分も気が昂っていることを自覚しながら、芳の寝息に誘われるように目を閉じた。

第七章

「ふふ」

自覚しない笑い声が漏れたが、見ているだけで楽しいのだからしかたがない。

「蓮、レーン」

「あ〜ぅ」

芳が呼びかけると、必死になって手を伸ばすしぐさをするのがたまらなく可愛い。

神代によく似た真っ黒の目に映っている自分の姿に、芳は緩む頬を抑えて呟いた。

「どうしよ……俺の子、世界一可愛い」

出産から一カ月が経った。

その間、芳も神代も初めての育児に手探り状態のまま、それでも日々成長する蓮に喜びや楽しさをたくさんもらっていた。

どうやら獣人の蓮の成長は人間とは違って早いようで、一カ月たった今は産まれた時の倍近くに育っている。もう芳の片手には乗らないし、なによりじっとしていない。

大人しかったのは一週間ほどで、それから手足を頻繁《ひんぱん》に動かし、ベビーベッドの代わりの籠から必死に這《は》い出ようとし始めた。実際に出てしまったのは生後半月で、少し目を離していた芳は籠の中に蓮がいなくて慌ててしまった。

驚くのはその成長スピードだけではなかった。なんと生後三日目、ミルクの準備をした芳が部屋の中に戻って籠を覗き込んだ時、そこにいたのは小さな小さな人間の赤ん坊だった。獅子族の特徴である丸い耳と小さな尻尾はそのまま、どうみても人間の姿になった蓮に芳は息をのんだ。

その日帰宅した神代も驚いて、二人で何時間もその姿を見ていたくらいだ。

それから、蓮は基本的に人型の姿で過ごすようになった。ミルクを夢中になって飲んでいる時や興奮している時など、感情の揺れ幅が大きい時には時々獣の姿に戻る。どうやらまだ、獣化になる境界が不安定のようだ。

元々獅子族の一員であっても血が薄い自分と、完全な人間である神代の間に産まれた子供が獣の姿だったことが意外だった。だが、こんなふうに人型をとるようになったのを見ると、もしかしたら出産時、生き抜くために獣の姿を取ったのだろうかと思うようになった。

毎日往診に来てくれていた本条などは、人間の姿になった蓮をしばらく無言で凝視した後、抱え上げて隅から隅まで観察しようとして神代に叱《しか》られていた。

どっちにせよ、可愛い我が子には変わりがないのだ。

「蓮、もうじきお父さんが帰ってくるよ」

芳が子育てでいっぱいいっぱいだったこの一カ月、神代は十分すぎるほど協力してくれた上に、蓮のことで様々に動いてくれていた。

先《ま》ずは戸籍《こせき》だ。当たり前だが男の芳が、たった三カ月で産んだ獣人の血を引く蓮の戸籍を作るのは容易ではなかったようだった。それでも様々な方面に手を尽くし、彼が言うには「少々違法に近い手段も用いて」、昨日、自分たち三人は家族になった。

母親としてではないが、先ずは芳が蓮を我が子として認知し、その後芳が神代と養子縁組をして、その後で蓮も神代の養子として籍に入った。形式的には芳も蓮も神代の養子という関係だが、書類上のことなのでそれでいいと思った。神代の方は実子扱いにできなかったことが悔《くや》しいようだが。

大学も思いきって休学届を出した。辞めるかどうかはゆっくり考えると神代と約束した。

問題はもう一つあった。

まだ未成年の芳の籍の移動には、両親の承諾も必要だったからだ。

それに関しては、両親はかなり渋っていたらしい。芳が神代の養子になると、簡単に連れ戻すことができなくなると思ったのだろう。

そこにはもしかしたら、獅堂の意向もあったのかもしれない。

ただ、芳本人の強い希望もあり、最終的には家庭裁判所の許可は代理人を立てても良いと告げると、それくらいなら自分たちで手続きをすると言ってくれたようだ。

神代の弁舌《べんぜつ》の巧妙《こうみょう》さもさることながら、両親の中に残っていた自分への思いがそうさせたのだと信じたい。

その際、神代は芳が無事に出産したことを両親に告げた。芳は向こうが調べるまで黙っていようと思っていたが、

「隠す必要などない。私たちの子は誰にも恥ずべき存在じゃないだろう?」

力強い言葉に頷いた。

両親はすぐに芳に連絡をとってきたが、まだ実際に会っていない。ただ、蓮の写メールは送った。

そのことは、両親から獅堂に知られたはずだ。諦めてくれたらいいと切実に思う。

蓮を手放すことなど考えられないし、何より神代と三人での生活は穏《おだ》やかで心地良かった。

「ただいま」

「お帰りなさいっ」

数時間後、帰宅した神代をいつものように玄関先で出迎える。

神代は芳の額にキスした。

「蓮は？」

二人の時とは少し変化した帰宅後の最初の言葉に、芳は思わず笑いながら答える。

「今日もたくさんミルクを飲んでくれました」

「そうか」

「何だか、毎日飲んだミルク分大きくなっているみたい」

どうやら神代も同じことを考えていたらしく、芳の言葉に笑って頷いていた。

そのまま洗面所に向かった神代は、部屋着に着替えてから蓮の側に行った。外でのバイ菌から蓮を守るためだ。

神代はよく芳に過保護だと言って笑うが、神代の方がずっと過保護ではないかと芳は思っている。

「蓮、ただいま」

頭を撫でようとした神代の指を両手で掴んだ蓮が、そのまま爪先を齧った。

「お」

人間の姿でも、行動は動物めいていることが多い。

こんなふうに目の前にあるものや気に入ったものを齧ることもしょっちゅうだ。

「痛いですかっ？」

「いや、くすぐったいだけだ」

神代はしばらく蓮の好きにさせた後、飽《あ》きた蓮が指を離してようやく頭を撫でている。

「……」

見つめる眼差しはとても優しくて、芳は幸せな気持ちでいっぱいになった。

このままだと、何時間でも蓮を見ているだろう。

芳は笑みを含んだ声で話しかけた。

「可愛いですね」

「可愛いな」

「でしょう？」

「でも、芳の方が可愛い」

「え……っ」

顔を上げた芳は、唇に柔らかな感触を受けてたちまち顔が熱くなった。

「れ、蓮の方が可愛いですよ」

（と、突然すぎるっ）

神代の愛情表現は嬉しいのだが、いまだに慣れない。

神代とセックスしたのは、四カ月以上前の一度きりだ。

その後は出産するまで何度か互いの手で慰めたことはあったが、基本はキス止まりだった。

たった一度のセックスで妊娠し、それ以来神代に我慢を強《し》いていることはわかっていたが、出産後は蓮の世話に夢中で、甘い雰囲気にはなかなかなれなかった。

そのことに神代は文句を言うことも、態度で示すこともなかったが、最近……もしかしたら芳の気のせいかもしれないが、接触が増えた気がする。

（……エッチ……した方が良いのかな）

セックスの標準的な頻度《ひんど》などわかるはずがないし、大体技巧も何もない自分を神代がまた抱きたいと思ってくれているのかもわからない。家族としては思ってくれていても、欲情する相手となると――。

「みゅう」

「芳？」

「……っ」

ハッと我に返った時、目の前に神代の顔があって驚いた。次の瞬間には今自分が考えていたことを思い返してしまい、芳は焦ってぎこちなく身体を引く。

「ご、ご飯《はん》の支度しますねっ」

焦って立ち上がろうとした芳を神代が制した。

「私がする。芳は蓮の相手を頼む」

「は、はい」

キッチンに向かう神代の後ろ姿を見送った芳は、気を取り直したように二回、自分の両頬を叩いた。その音に、こっちをじっと見ている蓮と目が合う。

「ごめん、びっくりした？」

「あ～ぅ」

まるで芳の言葉に返答してくれているようで思わず笑った。

「お父さんは優しいよね」

「う～ぁ」

「だから、大好きなんだ」

言葉に出して言ってみて、照れくさくなった。蓮に言ってもわかるはずがないが、それでも今の幸せを蓮に少しでも伝えたい。

芳は手を伸ばして蓮を抱き上げる。産まれた時から比べて、明らかに重くなった身体。それでも、人間の赤ん坊に比べたら心許ないほどに小さな存在。だが、確かに息づいているこの命を自分が、いや、神代と二人でちゃんと育てていかなければならない。

「……蓮、お前もいつか自分が獣人だとわかって悩む時が来ると思うけど……でも、心配することないから。俺たちがずっと側にいるからね」

いつ獣化するかわからないため、蓮には服ではなく赤ん坊用の肌着を着せている状態だ。部屋の中は空調の温度を整えているので寒くはないだろう。

「……あ」

胸元に抱いていた蓮が、小さな両手でふにふにと芳の胸を押し始めた。

「お腹空《す》いた？」

産むことができてもさすがに母乳は出なかったので、蓮は今完全にミルクで育てている。しかし、本能なのかこうして芳の胸を押して乳を出そうとするしぐさを何度も繰り返していた。

くすぐったいのと同時に、母乳が出なくて申し訳ないとも思う。

「ちょっと待ってて」

すぐに準備をしようと立ち上がろうとした芳は、子猫用の小さな哺乳瓶を持ってきてくれる神代の姿に気づいた。

「そろそろ腹が空くころだろう？」

あまりのタイミングの良さに、まるで今迄《まで》の話を聞かれていたのではないかと思ってしまったが、神代の察《さっ》しが良いところは前からだと納得する。

「ちょうど催促されていたんですよ」

「また胸を揉まれたのか？」

「はい」

その光景を思い出して芳が笑うと、神代は籠の中からこちらを見ている蓮へと視線を向ける。

「芳の胸は私のものだと言い聞かせた方が良いだろうな」

「か、神代さん？」

「我が子でも、譲れないものがある」

言うなり、軽くキスをされ、無防備に受けた芳は瞬時に真っ赤になった。

「な、な」

「ほら、催促しているぞ」

神代の方はまるで当たり前のことをしたかのように堂々としていて、照れている芳の方が妙な気分になる。

「ま、待ってね」

（き、気づかれないようにしないとっ）

触れてほしいと思っている自分の気持ちを誤魔化すため、芳は受け取った哺乳瓶を持って慌てて蓮の元に急いだ。

出産する前は、これからの生活のことや大学のことなど、色々と考えて頭が痛くなっていたくらいだが、実際に子育てを始めてしまうと蓮の成長スピードが速いせいもあって毎日がめまぐるしく過ぎていく。

寝てばかりではなく、もぞもぞと這いまわるので、小さな蓮の姿を見失わないよう、ほとんど掛かりきりの状態なのはきついこともあるものの、それ以上の幸せを実感していたので苦《く》にはならなかった。

「明日は検診の日だったな」

「はい」

夕食時、神代に言われてカレンダーを見た。

家まで毎日往診してもらっていたのは生後半月までで、その後の検診は一度受けた。と、いっても、蓮のことを気に入ってくれている本条は三日おきくらいにマンションに遊びに来てくれているので、あまり間を置いたような気はしていない。

「明日は、生後四十五日ですから」

産まれて一カ月半。出生時は三百グラムなかった蓮も、見た目では倍以上になったと思う。

「問題がなかったら、一度芳の親御《おやご》さんに会わせに行こうか」

「え……」

思いがけない神代の提案に、芳はすぐに反応できず固まってしまった。

自分では気にしなかった、いや、気にしないように無理矢理思考の外へとやっていた両親の存在。

会いたいと言われているし、芳だって会いたくないわけではない。

獅堂とのことで理不尽に身体を変化させられたことを恨みはしたものの、今となっては神代との子供を持つことができたのは心底良かったと思っている。

戸籍の問題の時に出産のことは神代が知らせたし、その後携帯で蓮の写真は送った。それでも、実際に会うというのはまだ考えられなかった。

「芳」

「……」

「何が不安だ？」

「！」

弾《はじ》けるように顔を上げると、真っ直ぐな神代の視線とぶつかる。その目を見つめ返していくうちに、芳は自覚していなかった不安を吐露《とろ》していた。

「……蓮を、取られちゃうかもしれない」

「蓮を？　どうして？」

「……蓮は、貴重な獅子族の未来だから……」

今極々《ごくごく》少数になった獣人の、さらに希少《きしょう》だとされる獅子族。その血を絶やさないようにするために芳は出産できる身体に変えられて、実際に蓮を産んだ。

獣人の芳と人間の神代との間に産まれたが、赤ん坊でも獣化している蓮はもしかしたらその血が濃いのかもしれない。そうなると、一族に迎え入れようとされるかもという危機感が芳の中にくすぶっていた。

「俺、蓮を離すことなんてしたくない。ずっと、蓮と……神代さんと、蓮と俺で暮らしたい」

だから、あちら側の両親と会うのは怖い。

「……そうか」

神代は立ち上がり、俯《うつむ》いた芳の身体を抱きしめてくれた。

「悪かった、私が先走り過ぎたな」

そんなことはない。神代は芳と蓮のことを考えて言ってくれたのだ。自分が過剰《かじょう》に怖がっているだけ。そう言ってしまいたいのに、どうしても言えなかった。

「このことは、もっと時間を掛けて一緒に考えよう」

「神代さん……」

「まだまだ時間はあるんだ」

その言葉に安心して、芳は小さく頷いた。

「明日、本条が来たら蓮は興奮するだろうな」

その話は終わりだと、神代は話題を変えてくれる。

「……本条さんのこと、遊び相手だって思ってるから」

それに合わせて芳が答えると、神代は何か思いだしたのか笑ったらしい。抱き締められる腕越しに震えが伝わってきた。

いったいどうしたのかと仰ぎ見ると、神代は笑みが残る声で話してくれた。

「足の指を蓮に噛まれて大騒ぎをしていたな」

言われて、芳もすぐにその光景を思い出す。小さいなりにもう牙《きば》が生《は》え出した蓮はよく芳や神代の指を甘噛みしているが、本条の場合はそれがとんでもなくピンポイントに刺さってしまったようで、文字通り飛び上がって騒いでいた。

「私より本条の方が好きだということはないと嬉しいが」

付き合っていたころはクールで大人な神代の姿しか知らなかったが、実際に共に生活をするようになって、彼が意外にも家庭的であることを知った。

蓮が産まれてからは、そこに《子煩悩《こぼんのう》》という項目が付け加わった。本条など、神代の中身が変わってしまったと大げさに驚いていたくらいだ。

そんな彼を、前以上に好きになっている。恥ずかしくてなかなか面と向かって告げることはできないが。

「蓮は神代さんが大好きですよ？」

自分の気持ちを蓮に置き換え、芳は神代に言った。

「本当に？」

「本当です。仕事に行った後はしばらく鳴いてるし、帰ってくる時は不思議とわかるみたいで鳴いて知らせてくれるんです」

「芳は？」

「え？」

「私のことが好きか？」

急に、抱き締められたままの体勢を意識してしまい、芳はジワジワと身体が熱くなってくる。

「芳」

催促《さいそく》するように身体を揺さぶられ、かろうじて頷くことができた。

「私もだ」

「……ぁ」

顎を取られて上向きにされ、その体勢のまま唇が重なった。軽く何度も繰り返されたそれが、次第に濃厚なものへと変化してくる。舌を吸われ、注がれた唾液に朦朧《もうろう》とした芳だったが、

「あ～ぅ」

「！」

耳に届いた鳴き声に、閉じていた目を開いた。

すぐ目の前にある神代の顔にも、ゆっくりと苦笑が広がっていく。

「子供が一番だな」

「……は、はい」

二人の時間の前に先《ま》ずは蓮だと、神代は芳の腕をとって立ち上がらせてくれた。

翌日、初めの予定では神代も検診に立ち合うはずだったが、急に入ってきた仕事上のトラブルで急きょ出社しなくてはならなくなった。日頃十分すぎるほど芳たちに合わせてくれているので、こんな時くらいは当然仕事の方を優先してほしいと訴える。

「……大丈夫か？」

「大丈夫です。本条さんだし」

もはや神代の次に信頼している相手の名前を口にすると、目の前の端正な顔に皺《しわ》が寄った。

「そこまであいつを信用しなくていい」

「もちろん、一番は神代さんですけど」

神代の友人だから信頼しているのだと継げば、少し間があった後に強く抱きしめられる。

「……だんだん、私の扱いがわかってきたんじゃないのか？」

そう言われてもピンとこないが、神代の雰囲気が嬉しそうなので芳も抱きしめ返して身をすり寄せる。

「だって、本当にそう思ってるんですから」

「……仕事に行きたくないな」

それからさらに少しばかりいちゃいちゃしてしまい、芳は何とか神代を送り出した。

「さてと」

朝のうちに神代と掃除は済ませているので、実際にすることは蓮の世話以外はない。

本条が来るまであと二時間ばかり、蓮の相手をしようとリビングに続く和室に置いてある籠を覗き込むと、そこに蓮の姿はなかった。

「蓮?」

どうやら、また這い出してしまったようだ。

「蓮、どこにいるんだ?」

「あ～ぅ」

(……こっち?)

動きまわるようになった蓮が怪我をしないように、和室にはできるだけ物を置かないようにしている。その中で、着替えやタオルを入れている蓮用の衣装ケースの方から声がした。

「蓮、こっち？」

　膝をついて這うように覗き込めば、案の定小さな存在がそこにある。

「こら、そんな隙間に入ると埃だらけになるだろ？」

　実際には神代がきちんと掃除をしてくれているので埃などないのだが、一応叱る口実として口にしながら蓮を抱きあげた。

「めっ」

「あ～」

「……可愛い顔しても駄目だから」

「あ～ぅ」

「……もう」

　黒い円《つぶ》らな目で見つめられるとどうにも弱い。獣になっている時はそうでもないが、人型の時の蓮は神代のミニチュア版のように似ていて、なかなか強気に出られないのだ。

　親の欲眼かもしれないが、将来神代に似てカッコよく育ってくれるはずだ。

　そんなことを思いながら抱き締めようとした時、

「？」

玄関の方から鍵が開く音がした。

（神代さん？）

今もって、神代は帰宅時に自分で鍵を開けて入ってくる。しかし、その前にインターホンは必ず鳴らしてくれた。

それに、会社に行くと言って出てからまだ三十分も経っていない。何か忘れ物でもして急いで戻ってきたのかと、彼らしくない行動を訝しく思いながら芳は蓮を腕に抱いて玄関へと向かった。

「神代さ……！」

しかし、言葉は最後まで出なかった。

玄関に立っていたのが神代ではなく、獅堂だったからだ。

「ど……して……？」

三人のテリトリー内に異質なものが侵入してきた。そう思うだけで身体に震えが走り、無意識に蓮を抱きしめている腕に力がこもる。

「あぅ」

痛みを訴えるかのように鳴いた蓮を、獅堂の金色の瞳が射抜いた。

「それが、子か」

「……っ」

「あーぅぁっ」

それまで、このマンションの部屋の中では怖いものなしだった蓮も、獅堂の威圧《いあつ》に怯《おび》えたのかひと際《きわ》高く鳴いてから獣化してしまった。しまったと隠す間もなく、獅堂が笑う。

「黒毛の獅子か。あの男の血が混じっていると思うと殺したくなるな」

とても冗談には聞こえないその言葉に、芳は足元から崩れ落ちそうになるのを必死で耐えていた。

「下りろ」

見覚えのある屋敷の門の前に停まった車から先に下りた獅堂が、後部座席で身じろぎしないまま座っている芳に向かって言った。

「ここで強情を張っていても、以前のように上手く逃げられるとは思うな。今のお前は身軽じゃない」

「……っ」

指摘され、腕の中の蓮を抱き締める。

獅堂の言うとおりだ。たとえここで彼を振り切ったとしても、蓮が一緒にいる限り、安易《あんい》に他人に助けを求めることはできない。

今は獅堂に怯《おび》えて獣化したままの蓮は、芳の服に爪を立てたまま腕の中に深くもぐり込んでいる。この子を守れるのは、自分しかいないのだ。

獅堂が突然マンションに現れた時、本当ならばあの場から出て行きたくなどなかった。しかし、もしも獅堂が獣化し、マンションの人間に危害を加えたりしたら。神代に迷惑を掛けると同時に、自分や蓮の正体がばれてしまう恐れだってゼロではない。

咄嗟にそこまで考えた芳は、獅堂の言いなりに車に乗り、車は本家のある田舎まで走った。

ここには、味方は一人もいない。芳は大きく息をつき、しっかりと蓮を抱きこんで車から下りた。

「こっちだ」

獅堂が歩いて行くのは母屋ではなく、あの理不尽な夜を迎えそうになった離れの奥の間だ。

（……誰もいない？）

きっと、以前のように両親を始め同族の者が多くつめ寄せていると警戒していたが、本家も、そして奥の間からも、他の者の気配は少しも感じなかった。

「人払いをしている」

芳の忙《せわ》しない視線に気づいたらしい獅堂が淡々と言った。

「前回、俺は初夜に嫁に逃げられたご当主殿だからな。仕切り直しは確実になってから披露目《ひろめ》をするつもりだ」

「披露目って……」

「お前と、俺の結婚だ」

恐れていたことを獅堂の口からはっきりと言われ、芳は全身の血がすっと下がる。

獅堂は自分のことを諦めていなかったのだ。

前の自分なら、どんなに嫌だと思っても勇気がなくて最終的には受け入れていたかもしれない。だが、今の自分は蓮という子供を持ち、愛する神代と結婚した身だ。自分一人ではないと、腕の中の蓮を守るように抱き締めた。

「獅堂さん、俺はもう、神代さんの籍に入っています。男同士で結婚なんて、あなたは変だと思いませんよね」

声は震えてしまったが、それでもきっぱり告げた。

そんな芳の精一杯の虚勢を、獅堂は鼻で笑った。

「籍など、後でどうとでもなる。そんなことより、既成《きせい》事実を作る方が先だ」

そう言ったかと思うと、獅堂は芳との間合いを詰める。突然近くに寄られて思わず身を引いた芳だったが、その隙をつかれて腕の中の蓮が掴み取られてしまった。

「何を……っ」

まるで猫の子のように蓮の首を掴んだ獅堂は、取り返そうとする芳を片手で押さえて目の上まで掲げた。

蓮は必死に獅堂の手から逃れようともがいているが、獅堂は口元に苦い笑みを浮かべて言う。

「ガキ、俺はお前の一族の当主だ。歯向かうことなど本来許されない」

「離してあげてくださいっ」

赤ん坊にそんな事情がわかるはずがない。

早く解放してほしくて芳は懇願した。

「お前の母親は、俺のものだ。忌《い》まわしい人間の男の血を引いたお前など、最下層の身分だとわきまえることだな」

「あっ」

言葉を終えると同時に、獅堂は蓮を放り投げた。咄嗟に手を伸ばそうとした芳だったが、獅堂に腰を掴まれた体勢で身動きできない。狙《ねら》ったのか、それとも幸運か、座布団の上に落ちた蓮の姿に安堵する間もなく、芳はそのまま布団の上に押し倒されてしまった。

（こ……わい……っ）

初めて獅堂に押し倒され、キスをされた時も怖くてしかたがなかったが、あの時は無我夢中でも逃げようと身体が動いた。だが、今は身体が強張《こわば》ったまま少しも動かない。圧倒的な気に身体を押さえつけられているようで、逃げようと思う気力まで消されてしまうのだ。

金色に輝く瞳で芳を見据え、獅堂は唸るように言った。

「芳、俺がこの数カ月、どんな思いで待っていたかわかるか？　お前は一族が用意した俺の伴侶《はんりょ》だった。それが、人間の男などに抱かれ、あろうことか孕《はら》まされた。能天気な奴らの中には、これでお前が俺の子を宿す身体に変化したと喜ぶ者もいるが、俺はあの男の次だということこそ屈辱《くつじょく》にしか思えない」

芳は首を横に振る。

それはすべて獅堂側の理屈で、芳にとって大好きな神代に抱かれ、彼の子を産むことができたのは幸せだ。

て出てこない。

それを、まるで忌まわしいことのように言う獅堂に反論したいのに、声が喉に張り付いて出てこない。

「今からお前を抱いて、この先この屋敷から出すことはない。あの男のことなどすぐに忘れさせてやる」

そう言いながら首筋に下りてきた獅堂に歯を立てられ、そのまま喰《く》い破られてしまうのではないかという恐怖に身が縮んだ。

せめてもの抵抗に首を横に振ると、濡れた肌に笑う息が掛かり、次に顔を上げた獅堂の瞳は――荒れ狂う欲情に爛々《らんらん》と光っていた。

「！」

「人間の姿では物足りないだろう。お望み通り、獅子の姿でお前を抱いてやる」

圧《の》し掛かっている男の身体が、目の前で見る間に変化していく。着ていた服は破れ、全身が白い毛で覆われ、骨格が変わり、手足には鋭い爪が現れた。

（白い……獅子……）

見るからに、特別な存在だとわかる圧倒的で優美な姿。こんな時だというのに、一瞬見惚れてしまったくらいだ。だが、太い足で胸を押さえこまれ、三メートル以上はあるだろう巨大な獣《けもの》を前に、瞬時にそれは恐怖に変わった。

「芳」

少しくぐもった、それでもはっきりわかる言葉に、芳はただ獅堂を凝視《ぎょうし》する。

「この姿の性器を入れれば、お前の身体は裂けるだろうが……心配することはない、獣の治癒力《ちゆりょく》は強い」

「せ……いき？」

直接的な物言いをされ、芳は無意識に視線を下へと移動した。巨大な獣の下肢には、その身体に見合うペニスがそそり立っている。

「！」

随分長いそれには、小さな突起が無数についていた。もしもあれが自分の身体の中に挿入されたら。腹を突き破られ、棘《とげ》で内壁はグチャグチャに傷つけられてしまう。

「し……死んじゃう……」

「死ぬはずはない。大切な雌《めす》を殺すはずがないだろう」

鋭い牙でシャツを引き裂かれ、素肌にざらついた長い舌が這《は》う。

怖くて怖くて、芳の目からはボロボロと涙が流れ続けた。獅子の姿の男に犯《おか》されるのはもちろん、一度でも抱かれてしまったらもう二度と神代に会えなくなるという恐怖の方が大きかった。

（神代さん、神代さんっ）

　ここで神代の名前を呼べば、彼に迷惑がかかってしまう。せめて心の中だけでもとその名前を呼び続けていると、

「フギャゥッ」

　小さな唸《うな》り声のような、鳴き声のようなものが耳に届いた。

　もしかしてと涙で潤んだ目を必死で凝らせば、蓮が獅堂の尻尾に噛みつき、果敢《かかん》に芳から引き離そうとしている。

「蓮っ」

　獅堂から見れば、子猫ほどの存在にも満たない蓮の攻撃など取るに足らないだろうが、何度尻尾を振っても咥《くわ》えて離さない頑固《がんこ》さに、芳の身体からようやく顔を上げて金の目で射抜いた。

「大人しくしていろ」

「ウ～ウ～」

「噛み殺されたいか」

「ウ～グルゥ～」

　脅されても、蓮は離れない。苛立ったように、獅堂は太い足で蓮の身体を薙《な》ぎ払った。

「ギャウッ」

「蓮！」

開け放たれていた庭へと続く障子《しょうじ》にぶつかってしまう。動けない身体を必死で起こそうとした芳は、次の瞬間大きく目を見張った。

「う……そ」

吹き飛ばされた蓮の身体を、しっかりと抱きとめてくれた人。

「芳っ」

耳慣れた響きで自分の名前を呼んでくれるその人を見た途端、芳は泣き笑いのような顔になっていた。

「かみ……しろさ……」

「悪かった、遅くなったな」

神代は蓮を抱いたまま、縁側から部屋の中へと入ってくる。律義《りちぎ》に靴を脱いでくるその姿はとても落ち着いていて、獅子に変化している獅堂を前にしているとはとても思えなかった。

「お前……」

完全に芳から意識が削《そ》がれ、獅堂は標的を神代へと変えたようだ。芳の身体から身体を離し、真っ直ぐ神代へと向き合う。

「神代さんっ、逃げて！」

神代がここまで来てくれたのは嬉しかった。だが、人間と獣、どちらが強いかなんて一目瞭然《いちもくりょうぜん》だ。神代が一歩足を踏みだす間に、飛びかかった獅堂がその喉笛《のどぶえ》に噛みつく。

神代が死ぬなんて絶対に嫌だ。彼を助けるためなら、自分などどうなっても構わなかった。

「逃げて！」

芳が必死に叫んでいるのに、神代は優しい眼差しを向けてくれた後、獅堂へと視線を向ける。まったく恐れた様子がないことが不思議だった。

「よくここまで来たな」

「そちらが、私の伴侶と子供を連れ去ったからだが」

「伴侶？　芳は俺のものだ」

「芳は誰のものでもない。彼の意思で私を選んでくれて、側にいてくれているんだ。そちらこそ、いい加減芳に偏執《へんしゅう》するのは止めてほしい」

「貴様……っ」

唸りながら獅堂が一歩足を踏み出すと、神代は腕の中の蓮をしっかりと抱きしめながら言った。

「私を殺す気か？」

「……今さら命乞《ご》いをしても遅い」

「命乞い？　まさか」

そう言いながら、神代はおもむろにジャケットのポケットから何かを取り出して獅堂に向ける。どうやらそれは、携帯電話のようだ。

「何の真似だ」

獅堂も神代がしようとすることがわからないのか、警戒を強めながらも距離をとっている。芳も、神代の行動の意味がわからなかった。

「動画をこのまま送信している」

「……何？」

「相手は私の協力者だ。私や芳、蓮の身に何かあった場合、直ぐにこの動画を全世界に配信してもらう手筈《てはず》を整えている。動画だけじゃない、そちらのプライベートな情報すべてだ」

「配信……」

唸り声が大きくなる。

「獣人という存在に、どれだけの人間が飛びつくだろうな。無数の目がここへと向けられ、希少な研究材料として喜ばれるだろう。……誇り高い一族が、そんな屈辱に耐えていけるのか？」

説明している最中も、神代は携帯電話を獅堂に向けたままだ。獅堂は大きな獣の姿を隠すこともできず、ただ呆然とその場にたたずんでいる。

「……俺たちの存在を……世間の目に晒すというのか……」

「私たちに何もしないのなら、私も芳の一族に無体《むたい》な真似をするつもりはない」

「……」

「どうする？」

神代は、銃もナイフも、武器になるものは一つも持っていない。だが、今この場で圧倒的な優位に立っているのは雄々《おお》しい獅子ではなく、ただの人間だった。

第八章

裂けてしまった服の上から神代のジャケットを着せられ、芳は本家の門の前に停められていた彼の車の後部座席に乗った。腕にはしっかりと蓮《れん》を抱いている。

芳を守るために獅堂の尻尾にかみつき、その際に散々振り回されていたので怪我をしていないかと心配だったが、見た限りではそんな様子はなかった。

「戻ったら、本条にすぐ見てもらおう」

「……神代さん」

「ん？」

車はすぐに走り出した。獅堂のあの様子では後を追ってくることはないと思いたいが、一刻も早く本家から離れたかった芳は、ようやく息を付けたような気がした。

「あの、どうしてここが……」

急な仕事の呼び出しで出ていった神代が、芳たちが獅堂に連れ出されたことを知るのはもっと後のはずだ。それが、まるで直後に追ってきてくれたかのようなタイミングだったので、今さらながら不思議でたまらなかった。

「マンションを出てすぐにちょっとおかしいと思って。掛かってきた電話の用件も、普段ならあり得ないものだと気づいてね。すぐにマンションに引き返したら君と蓮がいないし、咄嗟にあの男だと思った」

芳の疑問に、神代は視線を前方に向けたまま答えてくれる。

「すごい……」

芳なら、そんなふうにポンポンと連想できない。神代の頭の回転の速さに改めて感心したが、それでもふと、なぜ神代が本家の場所まで知っていたのかと思った。

「あの、俺、今まで本家のこと……」

「調べておいた」

「え?」

「芳に言ったら気分を悪くされるかもしれないと思って言わなかったが、私も見えない相手に対策をしようがないからな。ある程度のことは調べておいた。……怒ったか?」

知らない間に調査されたことを不快に思ったかと問われても、芳は首を横に振った。考えたらその神代の先を見越した行動によって、今回自分たちは助かったのだ。

「でも、動画って……」

獅堂に諦めてほしいとは思うものの、それで獅子族のことが公《おおやけ》になったりしたらやはり大変なことだ。代々、人間の世界でひっそりと血を守ってきた先祖の思いを、自分の我が儘で台無しになどできない。

「ああ」

だが、芳の不安をよそに、神代はなぜか楽しげに笑った。

「あれはハッタリだ」

「……え？」

「いくら私でも、芳や蓮の姿を不特定多数に見せるつもりはないぞ」

そう言われ、芳はあの時のことを思い出す。神代は獅堂に携帯電話を向けていたが、もしかしたらその画面に自分も映り込んでしまっていたのだろうか。

(じゃあ……俺が映ってなかったら？)

考えようとして、止めた。

あれが神代のハッタリならそれでいい。獅子族のことはこれからもひっそりと、その血を引き継いでいくだけだ。

「ミァウ」

「蓮」

暖房の効いた車の中で眠気に誘われたのか、蓮が小さく唸《うな》って芳の腕の中で丸くなる。

「……蓮、俺のこと、守ろうとしてくれたんです」

「母親思いだ」

「……はい」

「……間に合ってよかった」

「神代さん……」

呟《つぶや》くような神代の声に顔を上げ、芳は一瞬ルームミラー越しに彼と目が合った。余裕たっぷりだと思っていたが、神代も慌てて、焦《あせ》り、急いで駆け付けてくれたのだ。

愛されていると思うと、心が温かくなる。この人と出会えて本当に良かったと、泣きたいくらい感謝する。

「神代さん」

「ん」

「……大好き」

様々な思いを込めてそう言えば、一瞬間を置いた後に返事がある。

「私も、愛している」

好きという言葉では足りない想いを向けられ、何度も何度も頷いた。

車はノンストップで都内に戻り、そのまま本条の病院に横づけになった。元々、今日は本条が診察にマンションまで来てくれることになっていたが、万が一、蓮に怪我などがあったりしたらすぐに処置できるよう、病院に場所を変えたのだと説明された。

「悪いな」

玄関先で出迎えてくれた本条に神代が声を掛けると、おうと短い返事をしただけで、すぐに芳の元へとやってきた。

「よお、芳君。体調はどうだ？」

「お、俺は大丈夫です」

「蓮は？」

「ここに、あのっ」

腕の中に抱いている蓮を見せようとしたが、本条は芳の背を押して病院に隣接《りんせつ》している自宅の方へと促してくれる。

「詳しい説明は中でだ」

「は、はい」

本条の目には、神代のジャケットを着た下のシャツが裂けているのも見えているだろうに、その表情はいつもと変わりない。さすが神代の親友だと思う間もなく、芳は蓮のことが心配でならなかった。車の中ではずっと眠っていると思っていたが、もしかしたら投げられた時にどこか打ってしまったのではないだろうか。ぱっと見ただけではわからないだけに、早く診察してもらいたいと心が急《せ》いた。

「さてと」

自宅から病院へと入り、そのまま本条の診察室に足を踏み入れる。遠くで微かに赤ん坊のなく声が聞こえた。

「今朝産まれたんだ」

「今朝？」

「四時間の安産《あんざん》。三人のお母さんだ」

「すごい……」

あんなに痛くてつらい思いを三回もしたというその母親に驚くが、本条はふと顔を上げて芳に笑いかける。

「君だって凄《すご》いじゃないか。ちゃんと蓮を産んでさ」

会話をしながらも、本条は手早く蓮の身体を診《み》ていった。いつもなら本条を遊び相手だと思っている蓮はすぐに興奮して獣化したり、人間の姿のままでも指に噛んでじゃれたりと忙《せわ》しない。

しかし、今日は本条がいくら身体を診ても、僅かに反応するだけで、獣化したまま目を開けなかった。

「先生、蓮は大丈夫ですか？　投げられてしまったんです。こんなに小さいのに、俺を助けようとして……どこか怪我をしたりしてないですか？」

横から芳がそう言っても、本条はしばらく黙ったまま診察を続けた。念のためと言ってレントゲンも撮ってくれ、それを見た後、ようやく芳を振り返って笑いかけてくれた。

「大丈夫だ、異常はないよ」

「本当に？」

「二、三日は用心して安静にさせておいた方が良いかもしれないが、大丈夫だ」

安心していいと言われた瞬間、芳は腰から力が抜けた。後ろにいた神代が支えてくれたが、そうでなければそのまま尻もちをついていただろう。

「芳」

「良かったぁ……」

自分のせいで、蓮が傷ついたらどうしようかと気が気ではなかった。それが、本条の言葉で一気に安心して、抑えきれない涙が零れてしまう。

「ミャウ」

すると、まるで泣いている芳に気づいたように、今まで寝ていた蓮が顔を持ち上げて鳴いた。

「蓮っ」

ベッドに寝かされた蓮を咄嗟に抱き締めようとしたが、すぐに思い直して怖々《こわごわ》手を伸ばし、柔らかな毛を撫でる。

「アゥ～」

蓮は甘えたような声を出し、芳の手に身をすり寄せてから再び目を閉じた。

「蓮？」

名前を呼ぶとまた二言三言鳴いたが、次に目を閉じてしまうと完全に寝入ってしまったようだ。

「興奮して疲れているんだろう。寝かせてやると良い」

「……ありがと、蓮」

目まぐるしい半日だったが、蓮の成長と神代の頼もしさを実感した芳は、もう絶対に離れないという思いのまま、自分を支えてくれる神代の腕をしっかりと抱き締めた。

獅堂に連れ去られた事件から一週間経った。

その間ずっと様子を見ていた蓮は本条が言ったように怪我などの兆候《ちょうこう》もなく、元気にミルクを飲む姿を見ている芳はようやく安心することができた。

あれから一度、獅堂から連絡があった。

携帯電話に掛かってきたが、その時神代がいなかったので一瞬出ることを躊躇《ため》った。しかし、避けていても結局恐怖心を長引かせるだけだと思い、芳は意をけっして電話に出た。

『俺は、お前を手放すつもりはない』

獅堂の声は落ち着いていた。神代に言い負かされた屈辱も、芳に逃げられた悔しさも感じないくらい、まるで静かな波のような声だった。

『忘れるな、芳。お前は獅子族の者だ。人間と添い遂げるなど絶対にできない。お前はいずれ、俺の元に来るんだ』

その電話のことは神代に言えなかった。神代に心配かけたくないという思いもあったが、どこかで獅堂がそう言うことを芳は予想していたし、きっと……神代もそれを知っているような気がしたからだ。

「あ〜」

「あ、ごめん、ごめん」

ぼんやりとしてミルクを飲ませる手が離れてしまったのを鳴いて咎《とが》められ、芳は慌てて飲みやすいように傾けてやる。

「もうすぐ帰ってくるね」

あの時の仕事のトラブルというのは、どうやら獅堂が巧妙に手を回して仕掛けていたものらしく、あれからずっと仕事に追われていた神代も、ようやくすべてが片付いたと昨日言っていた。

鍵も付け替えたし、どうやら引っ越しも考えているらしい。

ようやくすべてが落ち着いて、久しぶりに二人で、いや、三人でゆっくりとできそうだ。

腹が満たされたのか、ミルクを飲んでいる間は昂奮して獅子の姿だったがげっぷをした拍子に人間の姿になった蓮にしっかりと肌着を着せ、柔らかなタオルにくるんでやる。もう少ししたら子供用のベッドも用意してやらないといけないだろうが、今はまだ産まれてからずっと使っているタオルの中でもぐり込んで寝るのが大好きなのだ。

それから三十分もしないうちに神代が帰宅した。

いつものようにキスでお帰りの挨拶をして、着替えた後に神代は蓮の顔を見る。

「よく眠っているな」

「ミルクもたくさん飲んだし、今日は風呂の中に玩具を入れてあげたら興奮しちゃって。暴れて疲れちゃったのかも」

「それは……明日入れてやるのが楽しみだな」

神代は笑ってそう言うと、そっと蓮の頬を指先で撫でた。

蓮も、神代と風呂に入るのが大好きだ。多分、大きな手でしっかりと抱いてくれるのに安心するのだろう。

だが、あの蓮のはしゃぎようには絶対辟易《へきえき》するはずだと思わず笑い、芳は神代と一緒に夕食をとる。

「明日、休むことにした」

「え？」

唐突な言葉に思わず顔を上げると、神代はじっとこちらを見ている。

「ここ一週間ほど忙しくて、あまり蓮を構ってやらなかったしな」

「でも、休めるんですか？　忙しいんじゃ……」

「そろそろ、私も芳に構ってもらいたくなったんだが」

言葉の意味がわからない。首を傾《かし》げると、目の前の綺麗な顔がゆっくりと笑む。その、いつもの優しいだけの笑みとは違う艶《つや》っぽさに、芳は急に空気が変わったのを肌で感じた。

（お、俺っ）

もしかしたら、神代は蓮の方から言うのを待っているのだろうか。

初めてセックスをして、蓮が生まれるまでの約三カ月。

それから、芳の身体が癒《い》え、先日の獅堂との件が一応の解決を見るまでの約二カ月間。

そうだ。思えばもう五カ月も身体を重ねていない。キスや、軽い触れ合いはあっても、恋人としての期間を飛ばして一気に家族になってしまったせいで、甘い時間をゆっくり過ごすことなど今までなかった。

芳は和室に視線を向ける。蓮は腹いっぱいで眠っていて、当分目を覚ますことはない。

「……あ、あの」

「ん？」

「……」

「……芳」

「……だ、抱いて、ください」

言ってしまってから、それがあまりにも直接的な表現だったかもしれないと焦《あせ》ったが、
神代は目を細め、椅子から立ち上がって身を乗り出してきた。

「抱いてもいいのか？」

「は、い」

頷く前に顎を取られ、軽く唇が合わされる。

「ようやく、今から夫婦の時間だな」

少しからかうように、それでも、見つめてくる眼差しがあまりにも真剣で、芳はじわじわと赤くなる顔を隠すように俯いてしまう。

「あ、あの、蓮、は……」

「大丈夫。芳をたっぷり可愛がってから、蓮と一緒に家族の時間をとろう」

それ以上、時間を引き延ばすことなどできなかった。いや、芳自身、神代に飢えていたので、気持ちを誤魔化すのは止めにした。

＊　＊　＊

一緒に風呂に入ろうと言ったが、芳は恥ずかしがって先にバスルームに閉じこもってしまった。神代はしかたなく別々に風呂に入ることにし、芳の入浴中に蓮の様子を見た。

突然連れ去られ、大人の獅子に威嚇《いかく》されたというのに、芳を守ろうと果敢に立ち向かったと聞いた。我が子ながらその逞《たくま》しさと勇気は褒めてやりたいし、実際数日間は蓮に芳を独占させてやった。

多分、大好きな母親が苛《いじ》められていると思ったのだろうが……この先、その思いが変なふうに曲がらないように祈るばかりだ。

芳と入れ違いに風呂に入り、自分でも呆れるくらいに早々に出てきた神代は、リビングの明かりが落とされているのに気づき、そのまま寝室へと足を運んだ。

「……」

キングサイズのベッドの端に、所在無《しょざいな》げに座っている芳が可愛い。緊張しているのが丸わかりで、寝室の明かりを消すのも忘れているようだ。

神代が部屋の中に入ると、すぐにその気配に気づいた芳が顔を上げた。

「……」

何か言いかけて、口を閉じる。その僅かな仕草に笑みを誘われ、神代は芳の側に歩みよるとその頬に手を触れた。風呂からあがって少し経つが、肌はまだ温かい。いや、前に抱いた時も熱かったと思いながら、神代は身を屈《かが》めて唇を重ねた。

「ん……っ」

角度を変え、舌で舐めて促して口を開かせると、すぐに舌を挿入して芳のそれを絡め取る。まだ呼吸の仕方もままならない芳は息苦しさに首を振るが、神代は唇をずらすだけでキスを解《ほど》かなかった。

（甘い……）

キスは何度もしてきたのに、こんなにも甘いものだということを改めて知る。唾液を舐め取った舌で頬を辿《たど》り、耳を食《は》むと、硬く閉じている瞼《まぶた》が震えるのが見えた。

芳は、神代しか知らない。最初のセックスも半分言いくるめ、逃げ場のない状態で抱いたせいで、まだセックスの溺れるような快感も、胸を締め付けられるほどのつらさも知らないままだ。

もう子供まで産まれて、籍も入れた今からが、本当の伴侶としての時間が始まる。互いのすべても、今からどんどん知っていくのだ。

「芳……」

耳元で囁けば、手の中の身体が大きく揺れた。もう片方の手で反対側の耳を擽《くすぐ》ると、

「！」

その手の感触に変化が生まれたのがわかる。

神代は少し身を離して芳を見つめた。丸みをおびた茶色の耳に、首元の柔らかな毛。ふっと息を吹きかけると、声なき声で芳が啼いた。

「……感じているんだな」

「……え？」

芳はどうしてそんなことを言われているのかわからないようだが、少なくとも神代は芳がなぜ変化したのかわかる気がしていた。

「私の声が、好きか？」

「んゃ……っ」

「それとも、手？」

髪から耳を撫でおろすと、芳は縋《すが》るように神代の肩にしがみつく。

芳は感情が高ぶると変化する。本人は獣《けもの》の血は薄いと言っていたが、それでも獅堂という男と出会ったことによって、その血が呼び覚まされてしまったのだろう。

それが、芳にとって良いことか悪いことかはわからないが、こんなにも可愛らしい姿を見ることができたことには感謝したい。

神代はそのまま芳をベッドに押し倒した。不安そうに揺れている眼差しが、それでも真っ直ぐに自分を見ている。

「どうした？」

神代が促すと、芳は手を伸ばして腕を掴んできた。

「芳？」

「……好き」

「……」

「大好き」

繰り返される告白に、神代は身体の奥の熱が急激に高まってくるのを感じた。少なくとも芳より余裕があると思っていたのに、どうやら自覚していた以上に余裕がない。しかたがない、それほどに芳に飢えていたのだ。

少し荒々しくパジャマを脱がすと、色白の肌が露《あら》わになる。蓮が生まれてからはほとんど外出もしていないからだ。疲れのせいか痩せて、記憶の中にあるよりも細くなってしまっている。神代は確かめるように身体の線を撫でた。

「疲れているか？」

「え？」

思いがけない言葉だったのか、芳が少しだけ驚いたように声を上げる。

「育児と、家事と、芳に任せてばかりだ」

「そんなことないですよ？　料理はずっと神代さんがしてくれているし、俺なんか掃除と洗濯くらいしかやってないのに……」

そう言って、芳の方も神代の頬に手を当てた。

「神代さんこそ、疲れてないですか？」

「少しも。たとえ疲れていても、芳と蓮の顔を見たらすぐに回復する」

それは決して強がりではない。不思議とそうなのだ。

そして、下世話《げせわ》な考えかもしれないが、これから芳を抱くことによって、もっと強くなれると思う。

「でも、今日は芳に甘えさせてほしいな」

首筋の毛がくすぐったくて思わず笑いながら、神代は小さな胸の飾りを口に含んだ。まだ柔らかかったそれは歯で噛んだり引っ張ったりしているうちに、たちまち勃《た》ち上がってくるのがわかる。母乳は出ないはずなのに、こうして吸っていると甘い味がした。

「あっ、んっ」

胸を弄られて感じるのか、芳が声を上げながら身を捩《よじ》る。その拍子に尾骶骨《びていこつ》の辺りから生《は》えている尻尾が目に入った。尻尾が生えてしまったせいか、パジャマのズボンも中途半端に下にずり下がっている。

（可愛い）

芳は獣化する自分を見せたくないようだが、神代はどんな芳も可愛いとしか思えないし、むしろ本当の芳を自分だけは見られるようで興奮する。

ふと、尻尾を掴んで先を握ると、

「ふぎゃぅっ」

まるで子猫のような鳴き声を上げた。

「そ、そこっ、触らないでっ」

芳は必死に身体を捩って神代の手から尻尾を取り返そうとするが、その反応を見ていた神代が容易に離すはずはなかった。

神代は下着ごと一気に下肢を暴き、そのまま長い尻尾をわざと口元までやり、歯を立ててみる。その瞬間、神代は自身の腹が濡れたのを感じた。視線を落とすと、パジャマに白い液がついている。感じるだろうとは思ったが、軽く歯を当てただけで射精までしたことに内心驚いた。

肌色に近いペニスは先端だけがほの赤く染まり、そこに白い液が光りながらまとわりついている。驚くほど淫歪《いんわい》な光景なのに、どこか清らかにも見えるのが不思議だ。

「やだぁ……っ」

芳ももちろん射精してしまったことを自覚しているのか、泣きながら空《あ》いている手でペニスを隠そうとする。だが、その仕草がかえって己の手で慰めているようにも思え、神代は精液で濡れてしまった芳の手を取り、口に含んでねっとりと舌を這わせた。

「あ……あぁっ」

くちゅりと、指先の精液を舐め取ってやると、芳は切なげに泣きながらも無意識なのか神代の身体に身を擦《こす》りつけてくる。言葉と態度のギャップに、背筋が震えるほどの快感が走った。

さらに泣かせてやろうと舌を這わせ続けていると、唾液が指を伝って手首へと流れる。それにさえ感じる様子を見て、神代はもう感じさせるなどという余裕が自分になくなっているのを思い知った。

一刻も早く、この不思議で愛《いと》おしい存在を自分のものにしたかった。もう二度と、別の誰かに連れ攫《さら》われたりしないよう、深く、強く、自分を刻み込みたかった。

慣れない芳に無理を強《し》いるとわかっていても、神代は芳が欲しかった。

「……すまない」

片足を抱え上げ、自分を受け入れてくれる場所を露《あら》わにする。淡い恥毛《ちもう》から覗く先ほどの射精で力を無くしてしまったペニスと、その下の双玉《そうぎょく》。その下には我が子である蓮を産みだしてくれた未知の膣口《ちっこう》がもう消えかかっていた。

できるのなら、ここも犯してしまいたいという荒くれる激情がある。だが、それをしたら、芳の身体は裂けてしまうだろう。血を流し、泣き叫びながら自分を受け入れてくれる芳の姿を想像するとペニスが滾《たぎ》るが、それ以上に芳を慈《いつく》しみたいという思いの方が強い。

芳のすべてを征服するというよりも、芳と愛し合いたいのだ。

「芳……っ」

暴走しそうになる感情を抑えるようにその名を呼ぶと、芳が涙で潤んだ目を向けてくる。

羞恥と、恐怖と、快感と。様々な思いが入り混じった眼差しは魅惑的で、男を魅き寄せてしまう力は健在《けんざい》だと悟った。

「お前は、誰のものだ？」

答えなど望んでいない。ただ、そう尋ねたかった。

芳が大人だと思ってくれている自分は、こんなにも子供なのだ。

「……しろ、さっ」

そんな自分を愛してくれる芳は、しっかりと手を伸ばし、抱きついてくれる。

「神代、さんっ」

「……ああっ」

「俺、のっ？」

「私も、芳のものだ」

答えてやると、芳は嬉しげに笑い、自ら足を広げてくれる。まだ慣らしも足りないし、挿入の恐怖もあるだろうに、神代の思いに必死に応えてくれようとしていた。

駄目だと、頭の中では警鐘《けいしょう》が鳴るのに——神代は滾るペニスの先端を芳の孔腔《こうこう》の入口に押し当てる。自身の先走りの液と精液でほんの少し濡れているだけのそこは、まだ硬く閉ざされていた。

「俺を、噛んで良いから」

芳に与える以上の痛みを受けるつもりで、神代はぐっと腰を突き入れた。

「……！」

高い声と共に、掴まれた肩に爪が食い込む。だが、それが甘い痛みにしか感じない。待ちに待った愛する者の中を味わう己のそれは、自分でも呆れるほど大きく張っていて、きっと芳は想像以上の苦痛を味わっているはずだ。それでも、嫌だと言わず、神代を突き飛ばすこともせず耐えてくれている。

愛しさに、胸が張り裂けそうだ。

だが、次の瞬間、眼下にある芳の表情を見て驚いた。苦痛に歪《ゆが》んでいるとばかり思っていたのに、芳の表情はどこか恍惚《こうこつ》として見えたからだ。いや、そればかりではない。挿入した瞬間痛いほど締めつけていた内壁が今はペニスに纏わりつき、絶妙に扇動《せんどう》しながら蠢《うごめ》き始めている。

さらに腰を進めて先端だけでなく竿《さお》の部分まで納めると、

「あ……んっ」

芳は明らかに感じているとわかる声をあげた。

「あ……はぁっ」

「……っつ」

絶妙な締め付けに、神代は一気に持っていかれそうになるのを何とか耐えた。

二回目のセックス。まだ芳の身体は慣れていないと思っていたのは単なる神代の早計で、この身体は既に男を受け入れるものへと変化していたのだ。

それが秘薬とされる薬のせいか、それとも芳自身持って生まれた体質かはわからないが、抱けば抱くほど溺れてしまうのがわかる気がする。

いや、この身体を一度味わってしまえば、狂う。

「芳っ」

神代は華奢な腰を掴んで、激しく腰をぶつけた。ぐちゅっという粘液がかき混ぜられる音と共に肉体が重なる音が響くが、芳は気持ち良さそうな声をあげて足を神代の腰に絡めてくる。

「あっ、あふっ、んぁっ」

「……っ、芳っ」

抜き差しを繰り返すたび、中は驚くほど熱く蕩《とろ》けてきた。その感覚は初めてで、すぐにでも射精してしまいそうだ。

神代は肩にあった芳の手を取って、しっかりと合わせ強く握り合う。貪《むさぼ》るように唇を奪った拍子に侵入した舌を噛まれ、その痛みに呆気なく精を吐き出してしまった。それは自分だけではなく芳も同じだったようで、一度目よりは勢いがないものの、吐き出したものが二人の身体を濡らしていた。

「ん……むぅ……」

キスをしたままなのでイく瞬間の声は聞こえなかったが、それ以上に絞るようにペニスを締めつける内壁の動きに、神代の欲望はすぐに復活する。

神代はベッドに胡坐《あぐら》をかき、芳を抱き起こして己の膝の上に乗せた。正確には、そそり立ったペニスの上に容赦なく腰を下ろさせたのだ。

「あっ、はぁっ、やぁっ！」

芳は神代に抱きつき、自《みずか》ら腰を上下して貪欲《どんよく》に神代自身を味わっている。まだ羽織ったままだった神代のパジャマを脱がし、背中を愛撫するように細い指が撫でるのに、下肢が痺れるほどの何かが走った。

その姿はいつもの恥ずかしがりやな顔などまったく見えない。だが、その顔も芳のもう一つの顔なのだ。ようやく見ることができた――そう思えた。

「痛く、ないかっ?」

いくら快感が強くても、挿入時の苦痛がまったくなかったわけではないだろう。神代が気づかうと、芳はうっすらと目を開いた。それは涙で潤み、目元は赤くて、それでいてたまらなく艶《つや》っぽい眼差しだ。

「き、もち、い……っ、よっ」

「芳っ」

「全部っ、い、よっ」

そう言いながら、芳はさらに強く腰を揺らし始めた。激しさに、先ほど中に吐き出したばかりの精液が泡状《あわじょう》になって滲《にじ》み出てくる。芳のものもいつの間にか再び立ち上がっていて、健気《けなげ》に揺れながら二つの身体を濡らしていた。

綺麗なセックスではない。それでも、互いのすべてが混じり合い、合わさって一つになる、今まで経験したことがないような快感だ。

神代は芳を見つめる。

芳も、真っ直ぐに神代を見ていた。

「愛してる……っ」

「んっ」

「愛してるっ」

「お、れもっ」

愛の言葉を交わして、唇を合わせる。

芳の孔腔いっぱいに、神代のペニスが納まる。

奥の奥まで穿《うが》ち、内壁を押し分けるようにかき混ぜて。

汗ばむ身体を愛撫し合った。

これは自分だけの、愛しくて最上の身体だ。神代は芳を強く抱きしめ、再びその身体の最奥にペニスを突き入れたと同時に、熱い迸《ほとばし》りをまき散らした。


どのくらい抱きあっていただろうか。

初めての時と同様、あまりに余裕がない自分に今さらながら呆れた。

飢えていたとは思ったが、子育てて疲れている芳に必要以上の無理を強《し》いてしまったことを後悔した。だが、セックスしたこと自体はもちろん後悔などしない。長い間待った飢えのせいもあるだろうが、こんな素晴らしい身体が身近にあって味合わなかったことこそを惜しく思ったくらいだ。

この身体を、他の男に知られることなく奪い返せて本当に良かった。

神代は芳の中からペニスを引き出した。もう何度吐き出したかわからない精液はセックスの最中結合部分から滲み出ていたが、引き抜いた後しばらくするとじわりと溢れてくるのを見て、芳が本当に自分のものだという実感が湧いた。

「んぁ……」

芳は甘い声を上げるが、閉じた目は開かない。眠っているのではなく、多分余韻《よいん》に浸っているのだろう。

「大丈夫か?」

「ん……」

濡れた髪を撫でながら、目に付いた丸い耳をくすぐる。首周りの毛も汗で肌に張り付いているが、相変わらず良い手触りだ。

尻尾は、シーツの上で丸くなっている。挿入時、これを触ると中が締まった。多分、慣れない器官なので余計に感覚が際立《きわだ》つのだろうが、今度抱く時はもっと違った愛撫をしてやりたいと思う。

（これを中に入れたりしたら……怒るだろうな）

普段の芳は年齢以上に幼《おさな》いくらいだし、羞恥心も強いのであまり無理なことはできそうにない。……いや、セックスの最中になら、どんなことでも受け入れてくれそうな気もするが。

「シャワーを浴びれるか？」

「……ん……」

「無理か？」

「……」

何を聞いても、小さな応えしか返らない。

神代はベッドから起き上がった。自分も芳も様々な液で濡れてしまっているので、せめて拭《ぬぐ》って清めてやりたい。

躊躇《ためら》いなく裸のまま部屋の外に出て軽くシャワーを浴びた神代は、再びベッドに戻ろうとして向きを変えた。リビングに続く和室に行って蓮の様子を見ると、ぐっすり眠っている。

「大物だな、お前は」

寝室のドアは何かあった時のため少し開けたままだったので、芳の嬌声《きょうせい》や激しいセックスの様子がここまで聞こえたはずだが、蓮はまったく気にした様子もなく寝ていたらしい。

「少し待っていろ」

芳を清めてやり、ベッドを整えてから蓮を迎えにこよう。

軽く頬を撫でると、

「う……」

小さく唸《うな》る様子に目を細めた。

セックスの後は親子の時間だ。そう約束したことを実行するため、神代は芳の待つ寝室へと引き返した。

終　章

「あ！」

振り向いた芳は、目に飛び込んできた光景に思わず声をあげた。

「どうした」

日曜日。

のんびりと朝食を終えて後片付けを一緒にした後、神代はリビングで新聞を広げ、芳は蓮の相手をしようと和室に向かった。

そこで見たのだ、立ち上がった蓮の姿を。

「蓮が立った！」

思わず声を上げると、神代も慌ててやってくる。しかし、次の瞬間蓮は尻もちをついて、畳の上に這うような格好になった。

「今、本当に立ったんですよっ？」

まだ生後二カ月。もちろん、普通の人間の赤ん坊だったら立つことなどあり得ない。

しかし、小さく生まれたとはいえ獅子の血を受け継いだ蓮の成長は驚くほど速くて、芳は日々驚くことばかりだった。

「立ったのか」

神代は運悪く見られなかったようだが、蓮の側に座ってその身体を抱きあげる。

「すごいな、蓮」

「あ～ぅ」

褒めてもらったことがわかるのか、蓮がご機嫌に手足をバタつかせた。

「このぶんだと、話すのも早いかもしれないな」

「……」

「芳？」

成長が早いのは嬉しい。病気も怪我もなく、早く大きくなってほしいと思っている。ただ、その一方であまりに普通の人間と成長が違いすぎると、蓮の異質さを思い知るようでつらかった。

芳自身、人間と変わらなかったせいもあり、蓮のこれからの大変さをわかってやれないことがもどかしいのだ。

その場に正座して俯く芳の髪を神代が撫でてくれる。優しいその感触に顔を上げると、仕草以上に優しい眼差しが自分を見ていた。

「思いつめるな」

「神代さん……」

「蓮のことは、二人で考えていけばいいだろう？」

「……はい」

そうだった。蓮は芳だけの子供ではなく、神代の子でもあるのだ。二人の子供のことは、二人でちゃんと見守り、考えていけばいい。

「あ〜あ〜」

相変わらず神代の腕の中で暴れている蓮は、必死に芳の方へと身を乗り出してくる。手を伸ばしてやると、すぐにこちらにやってきた。もう片手ではとても持てない重さになった身体を両手でしっかりと抱いてやると、嬉しそうに鳴きながら胸に顔を埋めてくる。

「蓮は私よりも芳が好きだな」

少しだけ嫉妬しているような神代の言葉に、芳は胸もとにいる蓮を見下ろしながら笑った。

「蓮は神代さんのことも好きですよ」

「……それ」

「え？」

「そろそろ、名前で呼んでほしいんだが」

「……え？」

突然の言葉に思わず顔を上げると、神代がいつの間にかぴったりと芳の隣に座っている。

「芳も、《神代》だろう？」

「あ」

改めてそう言われ、芳はなぜか恥ずかしくなってしまった。

神代の養子という形で結婚した自分は、確かに彼と同じ名字だ。それなのに、ずっと神代のことを《神代さん》と呼び続けるのはおかしいかもしれない。

「私の名前は？」

「……斎《いっき》、さん」

少しどもってしまったが、言った瞬間の嬉しそうに笑う神代の顔を見て、どうして今までそう呼ばなかったのだろうかと思った。多分、知り合ってから今までがあまりにも早すぎたせいだとは思うが、それでも神代が自分にとって大切な存在であることはもう確かなのだ。

「斎さん」

もう一度呼ぶと、軽くキスをされた。

蓮にまでキスをして、嫌がって泣かれたのがおかしい。

(俺たち……家族なんだ……)

少し歪《いびつ》な形だが、それでも確かに家族だ。

愛《いと》しい家族を作ってくれた神代と、家族として生まれてきてくれた蓮を見つめ、芳はこの幸せな時間をずっと守っていこうと心に誓った。

END

あとがき

こんにちは、chi－co《ちーこ》です。今回は「愛《いと》しい家族の作り方」を手に取ってくださってありがとうございます。

世間にはたくさんの、いわゆる「モフモフ系」の話があり、私も一読者として楽しく読ませていただいていました。疲れた時などは特に癒《いや》されました。そんな中、今回書いてみませんかという後押しをいただいて出来上がったのがこの物語です。

獅子《しし》族の芳《かおる》と、人間の神代《かみしろ》。獅子族……言いかえればライオンの血を受け継ぐ芳は普段は人間の姿というか、元々獅子族の血は薄いだろうと、ごくごく平凡な生活を送っています。

そんな彼が偶然出会った神代は、大学生の芳から見たらはるかに大人のカッコいい男。

この二人が恋に落ちてしまうのは、まあ、既定路線《きていろせん》なのですが(笑)、今回はそこに結婚や出産が絡みます。連れ子とか、養子とかではなく、本当に芳が妊娠し、出産してしまうというのは正当なＢＬからは少し外れてしまうかもしれませんが、私自身は意外に好きなんです。

ＢＬはファンタジー。男の出産も、まさにファンタジー（笑）。

モフモフを書くと決めた時、変化する動物はなにが良いかと悩みました。王道は犬とか、狼、もしくは私が好きな猫かなと思いましたが、結局は百獣の王ライオン、つまり獅子に決めました。決定的なのは、首周りのモフ感がいいなと。あと、丸い耳やふさふさの尻尾も可愛いし。

さすがに爬虫類《はちゅうるい》は……。まあ、あの長い身体をナニして、ナニを……と、想像する上では楽しそうですが、実際に文章にするとかなり特殊な感じになりますしね。でも、使い道は結構ありそうですが。

どうやって妊娠するか、出産するかは本文を読んでいただくとして、少しだけ心残りなのは、生まれた子供が一番可愛い盛りの年齢まで書けなかったこと。結局、赤ちゃんまでで、元気に走り回る姿が書けなかったのが残念です。子連れ話の良いところは、その子供の可愛らしさをいかに表現するかにかかるんですけど。

それでも、手のひらに載るくらいの小さな赤ん坊の話は書いていて和《なご》みました。皆さんにも、同じように感じてもらえれば嬉しいのですが。

出てくるのは主人公の二人に、その間に生まれた赤ん坊。そして、他にも重要な登場人物が獅子族の当主。もちろん彼は濃い血を持っているので、芳とは違い完全に獅子に変化できます。本物のライオンにちなみ、三メートル近い大きな獅子。

これが襲いかかってきたら、普通の人間なら気を失ってしまうでしょうね。っていうか、普通に生活していてライオンに出会うなんてありえませんけど。

イラストは、吉崎《よしざき》ヤスミ先生です。

今回は原稿とほぼ同時進行で作業をしていただいたので、とても大変だったと思います。そんな中、カッコいい神代に可愛い芳、何より、モフモフの赤ん坊を描いていただいて感謝でいっぱいです。

話の中で、獅子族の当主が変化した姿も出てくるのですが、彼が獅子になった姿は圧巻！　怖いのにカッコいいというか、絵を描く人って凄《すご》いと改めて思ってしまいました。

今回は本当に、ありがとうございました。

本編は、タイトルの通り「ようやく家族になった」ところで終わります。もちろん、物語はこの先も続いて、三人は少しずつ本当の家族になっていくはずです。

妊娠している時から母親としての自我が芽生えてきた芳と、先《ま》ずは芳を好きだという気持ちから入った神代ではその心の歩みに違いはあるでしょうが、それでも家族という一つの輪になっていったらなと思います。

でも、モフモフって、やはり視覚から入ってくるインパクトが大ですよね。そうなると、イラストの大切さをしみじみと感じます。

まだまだ出来立て家族ですが、どうぞ見守ってください。

サイト名『your songs』

http://chi-co.sakura.ne.jp

セシル文庫をお買い上げいただき、ありがとうございます。
この本を読んでのご意見・ご感想・ファンレターをお待ちしております。

☆あて先☆
〒154-0002　東京都世田谷区下馬6-15-4
コスミック出版　セシル編集部
「chi-co先生」「吉崎ヤスミ先生」または「感想」「お問い合わせ」係
→EメールでもOK！　cecil@cosmicpub.jp

セシル文庫

愛《いと》しい家族《かぞく》の作《つく》り方《かた》

【著者】　chi-co《ちーこ》
【発行人】　杉原葉子
【発行】　株式会社コスミック出版
〒154-0002　東京都世田谷区下馬 6-15-4
【お問い合わせ】　- 営業部 -　TEL 03(5432)7084　FAX 03(5432)7088
- 編集部 -　TEL 03(5432)7086　FAX 03(5432)7090
【ホームページ】　http://www.cosmicpub.com/
【振替口座】　00110-8-611382
【印刷／製本】　中央精版印刷株式会社

乱丁・落丁本は、小社へ直接お送り下さい。郵送料小社負担にてお取り替え致します。
定価はカバーに表示してあります。